小説 劇場版アニメ

岬のマヨイガ

小説

劇場版アニメ

岬のマヨイガ

吉田玲子 ――〔著・脚本〕
柏葉幸子 ――〔原作〕
「岬のマヨイガ」製作委員会 ――〔監修〕

小説 劇場版アニメ

岬のマヨイガ

講談社

生きていくのは迷路《めいろ》の中を進んでいくようなものかもしれない。

見知らぬ土地を歩きながら、ユイはそう思った。高い壁《かべ》に囲まれた道を迷いながら前へと足を動かす。先は見えない。後戻《あともど》りはできない。それでも進んでいかなければならない。

今、ユイの目の前にはふたつの背中があった。ひとつは少し曲がった年老いた背中。もうひとつは頼《たよ》りなげな幼い背中。どちらもユイよりは小さい。そしてどちらもよくは知らない人の背中だ。ついていっていいのか、一緒《いっしょ》に歩いていっていいのか不安だった。でも、今はそうするしかないように思えた。ほかに行くあてもないのだから。

まだ高校に通っていたとしたら、昼前のこの時間は教室にいただろう。二年生になったばかりで、新しい教科書を開いて、あまり頭に入ってこない授業を聞いていたかもしれない。

高台から坂を下っていき、さらに石段を降りると国道に出た。細くひび割れた道路の隙間《すきま》から、雑草が伸《の》びている。横断歩道を渡《わた》ると、町の風景が見えてきた。建ち並ぶ家々の向こうには瓦礫《がれき》が集められている。

ユイは小さく息を呑《の》んだ。ブルーシートで覆《おお》われている屋根や、はがれ落ちたり亀裂《きれつ》の入ったりした壁《かべ》も見える。

そうだ。あれからまだひと月半。

ずいぶんと前だったような気もするけれど、それはきっと一日一日が濃《こ》かったせいかもしれない。

先を歩いていたふたりが、立ちすくんでいるユイを振《ふ》り返《かえ》った。同じように少し首を傾《かし》げていて、似ているわけではないのに、おばあちゃんと孫に見える。

ユイはふたりの名前を頭の中で復唱してみた。

――キワさんとひよりちゃん。

今のところその名前で呼びかけたことはないから、忘れてしまいそうだ。

『ユイ』という自分の名前さえ、間違《まちが》えてしまいそうなのに。

「大丈夫《だいじょうぶ》かい、もうちょいと歩くよ」

少ししわがれたキワさんの声はちゃんと聞こえていたけれど、ユイは答えず、うつむいてまた歩き出した。まだ心を許してはならない気がする。

それにしても、キワさんはともかく、ひよりがこの光景を前に平然としているのが、ユイには不思議だった。声と一緒《いっしょ》に、表情まで失ってしまったのだろうか。

国道沿いのゆるやかな坂の先に駅舎が見えてきた。小さなロータリーには台座が崩《くず》れ落《お》ちた狐《きつね》の像がそのままになっている。一緒《いっしょ》に立っていただろう看板は、『狐崎《きつねざき》にようこ』までしか読めない。

駅前の小さな商店街に並ぶ店舗《てんぽ》も入り口が歪《ゆが》んだり、ガラスが割れたりしている。どこの店も開いてはいない。通りを歩きながら、ユイはふと思った。そういえば高校の校舎は無事だったのだろうか。心配になるような友達や教師などいなかったけれど。

そう、居場所はなかった。学校だけでなく、自分の家にも。

ふいに潮の香りがした。向こうに青い色が広がっている。海は思いがけないほど明るく、光っていた。

太平洋を見たのは数えるほどしかない。ユイが住んでいた町は、同じ県内の山間《やまあい》の川沿いにあった。ここはたしかに見知らぬ場所だ。そしてわたしのことを知っている人もいないはずだ。

商店街をはずれ、見える家もまばらになると、今度は上り坂になった。ユイもひよりも息が切れてきた。

アスファルトの舗装《ほそう》道路をそれ、山道へと入った。高い木々の間をキワさんは軽い足どりで進んでいく。光は射《さ》すが、だんだんと影《かげ》が濃《こ》くなる。ほんとうについていっていいのだろうか。ユイは着ていたパーカーの紐《ひも》をぎゅっと握《にぎ》った。

頭上で羽音が聞こえ、前を歩いていたひよりが怯《おび》えたように空を見上げた。鳥が飛んでいくのを見て、ひよりは呼吸を整えるように深く息を吸う。平然としているように見えたけれど、ほんとうはひよりも不安だったのだ。そう気づいたが、ユイには妹も弟もいなかったから、年下の子にうまく言葉をかけることができない。

ユイはひよりのそばに行き、黙《だま》って手を伸《の》ばした。戸惑《とまど》っているひよりの手を、ユイはぐっと摑《つか》んだ。

小さくてあたたかい手。もしも、何か危ないことが起こったら、すぐさまこの手を摑んで駆《か》け出《だ》そう。

「もうちょいかね」

緊張《きんちょう》を帯びたユイの耳に、キワさんの声が聞こえた。

ひらけた道の向こうに古い家があった。

傾斜《けいしゃ》が急な分厚い茅葺《かやぶ》きの屋根。太い木の柱。土壁《つちかべ》。その家を囲む垣《かき》にはツツジの花が咲《さ》いている。

「これがね、これから、わたしたち三人が住む家だよ」

それは小さな岬《みさき》の上に建つ、どこか懐《なつ》かしいような家だった。

1

不思議な感覚だった。初めて見た家なのに、かつて訪《おとず》れたことがあるような感じがする。

まだユイと手をつないだままのひよりも、黙《だま》って家を見上げていた。

門についている木戸を開け、キワさんはさっさと中に入っていく。

ふと満開の赤いツツジに目をやり、キワさんは、足を止め、ぽつりと呟《つぶや》いた。

「主《あるじ》がいなくても花は咲《さ》くんだねえ」

どういう意味かわからず、ユイはキワさんを見た。

「わたしもこの家に住むのは初めてなんだよ」

――いや、アンタの家じゃないの？

出そうになった声をユイはあわてて飲みこんだ。

「まあ、このあたりに住むのも初めてなんだけどね」

――ちょっと、このあたりの人じゃないってこと？

疑問がたくさん浮《う》かんだが、今は聞かないでおくことにした。ずいぶんと歩いてきたので、とりあえず、少し休みたい。ややこしい問題はちょっとだけ後回しにしたかった。

キワさんは笑顔《えがお》で、ユイとひよりを振《ふ》り返《かえ》った。

「楽しみだねえ」

新しい生活がだろうか。それとも何か企《たくら》んでいる？　また疑問がわきあがる。

ユイには不安と戸惑《とまど》いしかなかったので、返事をせずに、また家を見た。

茅葺《かやぶ》き屋根のてっぺんには、草花が生えている。近くで見ると、土壁《つちかべ》は薄汚《うすよご》れていて、長く誰《だれ》も住んでいないように思えた。

周囲には家はない。そういえば電気や水道やガスはどうなっているのだろう。

「……住めんの？」

思わず声が出たが、キワさんとひよりはもう玄関《げんかん》の前に立っていた。

前に屈《かが》んだひよりの姿が見える。お邪魔《じゃま》します……とあいさつするように、ひよりは家の中に向かって小さく頭を下げていた。

ユイは、中に入ったふたりを外からそっと見た。

ぱちんという音がして、急に室内が明るくなった。天井《てんじょう》の照明が光っている。電気は通っているらしい。

おそるおそるユイも中に入ってみると、広い土間があった。

キワさんがユイを見て、言った。

「昔はね、この土間が馬屋として使われていたんだ」

「……馬？」

土間の奥《おく》は、たしかに馬をつないでおけるような構造になっている。

「このあたりは、奈良時代の頃《ころ》から馬の産地だったんだ。源氏《げんじ》の大将は知ってるかい？」

ゲンジ……。

たしか平家《へいけ》と戦って勝ったんだっけ。でも、大将って誰《だれ》だっけ。信長《のぶなが》は織田《おだ》だよなぁ。

勉強なんて、しようとも、したいとも思わなかったから、歴史にもまるで興味がない。

口をむっと結んでいるユイに、キワさんが言った。

「頼朝《よりとも》だよ。源《みなもとの》頼朝は、平泉《ひらいずみ》の藤原《ふじわら》氏を滅《ほろ》ぼしたあと、この、みちのくに南部《なんぶ》氏という人を置いたんだ。その南部氏は馬を育てるのにずいぶんと力を注いだんだってさ。戦《いくさ》をするにも農作業をするにも、馬は役に立ったからね。だから、みんな馬を大事にした。そして、いつでも世話ができるような家を考えた。住むところと馬屋をくっつけたんだ。それがこの南部曲《ま》がり屋《や》さ」

そういえば、外から見た家は、鉤《かぎ》のように曲がっていた。

「屋根の茅葺《かやぶ》き、ずいぶんと厚かったろう。そのおかげで夏は涼《すず》しい。それに馬屋は煮炊《にた》きをする台所の近くにあるから、あったかい。馬が快適に過ごせたんだよ。もちろん住む人もね」

たしかに合理的なのかもしれないけれど、ユイにはこの家の長い歴史とやらが引っかかった。

「……じゃあ、この家も相当古いってことだよね」

さっきと同じ言葉が出てきた。

「……住めんの？」

キワさんが右手に続く土間を指した。

そこにはまだ新しいように見えるアイランドキッチンが据《す》え付《つ》けてあった。三つ口のコンロに、大きなシンクもある。蛇口《じゃぐち》もついているので、ちゃんと水も出るのかもしれない。

「う、わ」

うわずった声が出て、気がつくとユイはキッチンの前に立っていた。高さもちょうどいい。野菜を洗うのにも、切るのにも、作業しやすそうだ。歴史は苦手だけど、ユイは料理は得意だった。壁際《かべぎわ》には食器や調味料を置く棚《たな》もある。古いかまども残っていて、きっとここで炊《た》いたごはんの湯気が、馬屋まで届いていたのだろう。

キッチンの奥《おく》は床《ゆか》が少し高くなっていた。この一角がリビングに当たるのだろう。そこには大きなソファが置いてあった。渋《しぶ》みがかった赤い色。しゃれていて、いかにも座《すわ》り心地《ごこち》がよさそうだ。

ソファを見ていたひよりがキワさんを振《ふ》り返《かえ》った。

「どうぞ。お上がり」

ひよりはリビングに上がって、脱《ぬ》いだ靴《くつ》をきちんとそろえて並べた。その仕草は自然で、普段《ふだん》からそうしていたのだろうと思えた。

ひよりは勢いよくソファに座《すわ》った。出会ってから、あまり見せたことのない子供らしい様子に、ユイはちょっと微笑《ほほえ》んだ。

たぶん、ひよりはユイと同じように、この家をちょっとおしゃれだなと思ったのだ。古い民家に、モダンな家具。ソファの横にある照明も、コーヒーテーブルもなかなかセンスがいい。

キワさんが満足そうに周囲を見回した。

「がんばって、いい感じにしてくれたんだねぇ」

——誰《だれ》が？　この家具、キワさんが選んだんじゃないの？

さらに疑問がつのり、やっぱり面倒《めんどう》でも聞いてみようと思ったとき、低いうなるような音が響《ひび》いた。

ブオオオオオ……。

音は風のようでもあり、獣《けもの》のうなり声のようでもあった。

何か危ないことが起きる……！

とっさにユイは身がまえ、ひよりを見た。ひよりは怯《おび》えもせず、何かを探すように家の中を見回している。

その音はすぐに止《や》み、室内に静寂《せいじゃく》が戻《もど》った。何事も起こらなかった。

「オオカミ……？」

まだ警戒《けいかい》をゆるめることができず、ユイの声はうわずった。

「すんぺすんな」

心配するな。そう言っているのだとユイがわかるのに、少し時間がかかった。とうに亡《な》くなったユイの祖母も使っていたこの地方の方言だから、キワさんが地元の人なのは、間違《まちが》いないようだ。

ユイの緊張《きんちょう》を解きほぐすように、キワさんは続けた。

「このあたりにオオカミなんていないよ」

獣《けもの》の声ではないとすると……。

古い家だから、木材が軋《きし》み、音を立てたのかもしれない。

キワさんはリビングへと上がり、よっこらしょとソファのそばにあるひとり掛《が》けのいすに腰《こし》を下ろした。

「ほら、ユイもお上がり」

ユイはキワさんのななめ向かい、ひよりの隣《となり》に座《すわ》った。

あらためて顔をつきあわせると、何だか落ち着かない。

「さぁ、今日からここがユイとひより、わたし、三人の家だよ。よろしくね」

キワさんはユイとひよりを見た。

「……とりあえず、よろしく」

ユイが発した『よろしく』は、三人での生活のスタートをちっとも歓迎《かんげい》していないように聞こえただろう。かまわない。まだ、心の盾《たて》も鎧《よろい》も外す気持ちはユイにはなかった。

ひよりがのどに手をやり、何かを言おうとした。懸命《けんめい》に声を発しようとしている。でも、ひよりが出そうとした言葉は、声にならなかった。

申し訳なさそうに、ひよりはキワさんを見た。

「いいんだよ。無理に声を出さなくて。落ち着いたら、しゃべれるようになるさ」

ひよりは目を伏《ふ》せ、自分の膝《ひざ》こぞうを見た。

声が出ない。自分の言いたいことが言えない。

それがどんなにもどかしいことか、ユイには想像がつかなかった。

出会う前に、ひよりに何があったのかも。

ひよりと出会ったのは、狐崎《きつねざき》の駅よりも高台にある中学校だった。

ユイがそこへたどり着いてから、ひと月半頃《ころ》だろうか。雨が避難所《ひなんじょ》となっている体育館の屋根に当たり、ぱらぱらと音を立てていた。薄《うす》い敷布団《しきぶとん》を通して、床《ゆか》の冷たさが背中に感じられる。起き上がり、周囲を見ると、年齢《ねんれい》もさまざまな多くの人がいた。小さな子供のいる家族。年老いた夫婦《ふうふ》。ユイと同じように、ひとりだけでここへやってきた人たちも少なからず見かけられた。

あの日、ユイは電車に乗っていた。

激しい揺《ゆ》れとともに、車両は急停止した。特にあてはなかったけれど、もっと遠くへ行くつもりだったのに、行くことはできなかった。

電車の中で夜を明かし、次の日の夕方になってからやっと、狐崎の町役場の人に誘導《ゆうどう》されて、ユイはここまで来た。

住所や名前を書類に記入しなければならなかったけれど、ユイはせずにいた。いつ、身元を問《と》い詰《つ》められるかびくびくしていたけれど、役場の人も町内会の人たちも、あまりにも対応しなければならないことが多く、ケガもしておらず体調も崩《くず》してはいないユイのことに、まだ手が回らないようだった。

避難所《ひなんじょ》にいられるのは、ありがたかった。お弁当屋さんのアルバイトでためたお金は、なるべく使わずにいたかったから、食事や飲み物や日用品が支給されて、ほんとうに助かった。

でも、やっぱりここにも居場所はなかった。一緒《いっしょ》に丸く輪になって座《すわ》る家族も、学校はいつから始まるのだろうと話す友人もいない。

——まぁ、あれこれ聞かれなくて助かるけどね。

ぼんやりと雨の音を聞いていたユイは小さく息を吐《は》き、立ち上がって、外に出た。

これから、どうしたらいいのだろう。迷ったあげく、結局、先のことなどたいして考えずに飛び出してきてしまった。それは、やっぱり浅はかな行動だったのだろうか。

体育館の壁《かべ》にもたれ考えていると、傘《かさ》もささずに、階段をのぼっていく小さな背中が見えた。

小学生くらいの女の子だった。

体育館の裏手はこんもりとした丘《おか》になっていて、階段の先には赤い鳥居が見えた。

——あんなところに神社があったんだ……。

入り口にまとめて置いてあったビニール傘《がさ》を手に取り、ユイは神社へと向かった。

鳥居の向こうで、女の子は倒《たお》れた木を持ち上げようとしていた。

木の下には鎮座《ちんざ》した狛犬《こまいぬ》の像がある。折れた枝が、もたれかかるようにその頭にのっていた。

とても少女の手では動かせそうにない太い木を、女の子はどかそうとしている。その手にも両《りょう》肩《かた》に垂れた三つ編みにも容赦《ようしゃ》なく雨粒《あまつぶ》が落ちていた。

近づいて傘《かさ》を差し出すと、女の子は弾《はじ》かれたようにユイを見た。

目をそらし、黙《だま》って傘を押《お》しつけると、ユイは木を押し上げた。何度か力を入れると、倒木《とうぼく》はズズッと下に動き、地面に落ちた。

狛犬《こまいぬ》の頭にのっていた枯《か》れ葉《は》を手で払《はら》うと、ユイの手のひらが濡《ぬ》れた。その右側の狛犬は口が開き、足で玉を押さえている。左側は口を閉じ、ツノが生えていた。

女の子はぽかんと口を開け、その様子を見ていたが、目の前が晴れたような狛犬の姿を見て、少しだけ微笑《ほほえ》んだ。

「……あそこにいんの？」

ユイは体育館のほうを見た。

女の子はこくりと頷《うなず》く。

「親とかも？」

今度は女の子は悲しげに横に首を振《ふ》った。

この子もひとりなんだ。わたしと同じように。

「名前は？」

たずねると、女の子は困ったように視線を宙にさまよわせた。

ユイは余計な質問をしてしまったことを、後悔《こうかい》した。自分だって、見知らぬ相手に簡単に名前など教えたくはない。

「……まぁ、いいけど」

スタスタ歩き出すユイのあとを、女の子があわてて付いて来る。

背中にコツンと何かが軽く当たる。振《ふ》り向《む》くと、女の子が傘《かさ》を返そうと差し出していた。

――別に返さなくてもいいのに。

ユイはパーカーのフードをばさっとかぶり、ひとつ飛ばしで石段を降りていった。

体育館に戻《もど》ると、ステージ前に置かれたテーブルに、カップ麺《めん》や袋菓子《ふくろがし》が置かれていた。いつもやってきては、差し入れを配ったり、みんなの具合をたずねたりしている吉井《よしい》さんという女の人が呼びかけていた。

「みなさーん、仙田《せんだ》食品さんからの差し入れでーす。ちょっとパッケージはつぶれてますけど、中身は大丈夫《だいじょうぶ》ですからー」

ふっくらした吉井さんの隣《となり》には、四十代くらいのほっそりした女の人が立っていた。この人が仙田食品さん、なのかもしれない。

差し入れを受け取ろうと、みんなテーブルの前に移動を始めた。

神社の前で会った女の子も戻ってきていて、またたく間にできた列に並ぼうとしていた。

そこへ背の高い男が大股《おおまた》でやってきて、女の子にぶつかった。女の子はよろけて前に倒《たお》れ、両手を床《ゆか》についた。男は振《ふ》り向《む》きもせず、列に並ぼうとしている。

カッとユイの頬《ほお》が熱くなった。

反射的にユイは男を睨《にら》みつけた。視線に気づいたのか、振り向いた男は無表情でユイを見た。動けなかった。自分があいつに払《はら》われたときのように。握《にぎ》った手が小刻みに震《ふる》えた。

「あらあら、大丈夫《だいじょうぶ》？」

吉井さんが来て、女の子を助け起こした。

「まぁ、濡《ぬ》れてるじゃない。どうしたの？　風邪《かぜ》ひいちゃうわよ」

ユイをここまで連れてきてくれた町役場の女の人もやってきた。

「どうしました？　もめごとは勘弁《かんべん》してください」

こちらをとがめるような堅苦《かたくる》しい口調。たしか、棚橋《たなはし》さんという名前だったな……とユイは思い出した。

男は、小さく舌打ちをして、並んでいる人たちを無視し、抱《かか》えられるだけの食べ物を持っていってしまった。

あいつとは違《ちが》う。あいつは他人が見ている前では、きちんと列に並んだだろう。どんなに内心、苛立《いらだ》っていたとしても。

吉井さんは奥《おく》にいるおじいさんに声をかけた。

「そっちに新しいタオルあったわよねー。この子、拭《ふ》いてあげてくれる?」

「あいよー」

女の子がおじいさんのところへ向かうと、吉井さんが低い声で町役場の棚橋さんに言った。

「……あの子ね、声が出ないの」

ユイは思わず、聞き返した。

「え?」

「出せなくなったっていうか……。お正月に、ご両親が亡《な》くなられて。その頃《ころ》からみたい」

ユイは神社で名前を聞いたときのことを思い出した。あのとき、答えなかったのは、声が出なかったからだったんだ……。

「あの子、盛岡《もりおか》のほうに住んでたみたいなんだけどね。お正月明けに、この近くの親戚《しんせき》ンちに預けられたんだって。でも、そこもこの間の……。それで、ひとりでここへ来たのよ」

女の子がタオルを二枚手にして戻《もど》ってきた。その一枚を両手でユイに差し出す。

まだユイも濡《ぬ》れていることに、女の子は気づいたようだった。

「……ありがとう」

久しぶりにするりと素直《すなお》な言葉が出てきたことに、ユイ自身が驚《おどろ》いた。

「ひよりちゃん、連休明けには小学校始まるって」

吉井さんはそう女の子に声をかけ、また食品を配る手伝いをするために、仙田食品さんのところへ戻《もど》っていった。

――ひよりっていう名前なんだ。

ユイは頭を拭《ふ》きながら、女の子を見た。

棚橋さんが持っていた黒いカバンから名簿《めいぼ》を取り出し、ひよりにたずねた。

「何年生でしたっけ」

自分よりだいぶ年下なのに、棚橋さんは丁寧《ていねい》な言葉を崩《くず》さない。

ひよりは小さな指を二本立てた。

二年生か……。

自分がひよりくらいの頃《ころ》、おかあさんはまだ家にいたはずだ。でも、もうはっきりとした輪郭《りんかく》を思《おも》い描《えが》けない。引き出しの奥《おく》に隠《かく》していたおかあさんの写真くらいは持ってくればよかったな。優《やさ》しい記憶《きおく》のほうが薄《うす》れていくのはどうしてなのだろう。

ぼんやり立《た》ち尽《つ》くしていたユイは、視線を感じ、身を硬《かた》くした。

「ねぇ、あなたは高校生?」

棚橋さんがユイのそばに立っていた。

油断していた。棚橋さんが来たときは、さりげなく体育館から出ていたのに。

「まだ名簿《めいぼ》に記入してもらってないわよね？」

「えっと……」

必死に頭をめぐらせるが、どう答えたらいいかわからない。

「お名前は？　家族の人は一緒《いっしょ》？　住所は？」

棚橋さんが名簿に目を落としながら、続けざまに聞いてくる。

「わたしは……」

言葉を続けることができず、ユイは目をそむけた。

「その子はね、うちの孫」

答えたのは、見知らぬおばあさんだった。

ひよりより少しだけ背が高く、無造作に分けた髪《かみ》をピンで留めている。割烹着《かっぽうぎ》にジーンズ。ここで見かけた記憶《きおく》はない。

うちの孫だなんて、このおばあさんは記憶があいまいになってしまっているのだろうか。

「名前はえーと、朱美《あけみ》じゃなくて、早苗《さなえ》じゃなくて、何かこうハイカラな……」

「……ゆりえ」

ほんとうの名前を口に出してしまい、ユイはうろたえた。

おかあさんのことを思い出していたからだ。

——あなたが産まれた次の日、白い百合《ゆり》の花が咲《さ》いていたのを見たから。

何度も何度もユイは、おかあさんからそう聞かされていた。

でも、もうその名前は捨てる。でも、捨てきれず、おかあさんの『あい』という名前と合わせて『ユイ』というウソの名前を、たずねられたときのために考えていたのに。

「……ゆ？」

ちゃんと聞こえていなかったらしく、おばあさんが聞き返してきた。

「……ユイ」

焦《あせ》りながら名前を繰《く》り返《かえ》すと、おばあさんは大きく頷《うなず》いた。

「あー！　そうそう、ユイ！　ユイだ！」

おばあさんは今度はひよりを見た。

「それから、えーと」

「ひよりちゃんもお孫さんですか？」

棚橋さんが聞くと、おばあさんはにこにことひよりを見た。

「そうだ、ひよりだ！」

「ひよりちゃんのおばあさんだったんですか？」

いぶかしげな棚橋さんの声に、ユイのほうが緊張《きんちょう》する。

「そうだよ、だから迎《むか》えにきたんだ」

おばあさんはひよりに近づき、そっと抱《だ》き寄《よ》せた。

「こんな大変な目にあいながら、よく生きていてくれた。よくがんばった」

よく生きていてくれた。よくがんばった。

ユイは心の中でその言葉を繰《く》り返《かえ》した。なぜだか胸が熱くなる。

おばあさんは棚橋さんを見て、言った。

「孫といっても会うのは初めてでねぇ。写真でしか見たことがないんだよ。ようやく会えたねえ」

聞いていたユイの背がひやりと冷たくなる。理由はわからないけれど、このおばあさんは、ウソをついている。しかも、すらすらと。

「さぁ、行こうか、ユイ」

「えっ」

いきなりそう言われ、ユイは戸惑《とまど》った。

「ひよりも」

ユイとひよりの返事を待ちもせず、おばあさんは歩き出す。

あわてて棚橋さんがたずねた。

「あの。おばあさん、お名前は」

「山名《やまな》キワ」

「お住まいは……」

「ここで三人で暮らそうと思っております」

――ここで？　三人で暮らす？

呆然《ぼうぜん》としているユイとひよりに、おばあさんが棚橋さんに聞こえないよう、顔を近づけ、小さな声でささやいた。

「ふたりとも行くところがないのなら、一緒《いっしょ》においで」

たしかに行くところはない。でも、だからといって……。

ひよりもどうしていいかわからず、立《た》ち尽《つ》くしている。

すると、おばあさんがふたりを見て言った。

「すんぺすんな」

意味がわからなかったのか、ひよりはおばあさんを見返した。

「心配するな、ってことだよ」

おばあさんは体育館の外を見て、

「雨も止《や》んだしね」

と微笑《ほほえ》んだ。

雲の隙間《すきま》から陽《ひ》の光が射《さ》していた。ずっと曇《くも》っていたユイの心にも、わずかな晴れ間ができた気がした。


連れてこられた曲がり屋の奥座敷《おくざしき》が、ユイとひよりの寝室《しんしつ》になった。

手前がキワさんの部屋だ。

あのとき、どうしてこんな見知らぬおばあさんについていこうと思ったのか……。

あのまま体育館にいたら、もっとくわしく身元を聞かれ、結局、ユイは家に戻《もど》ることになっていただろう。

別の選択肢《せんたくし》もあったのだろうか。また先の見えない迷路《めいろ》に入ったような気持ちになる。同じところをぐるぐる回るばかりで、前へ進めない。

昼食には、体育館でもらってきたカップラーメンとヤキソバをひよりと食べ、少し休んでいるとキワさんがそばにやってきた。

が、その両手には——。

ギラリと輝《かがや》くものが握《にぎ》られていた。

まさか食べられる？　昔話であったっけ。親切なふりをして、旅人を泊《と》めてくれるやまんばの話が。

飛び起きたユイに、キワさんはニカッと歯を見せ笑った。

「昼ごはんを食べたら、ふたりに手伝ってほしいことがあるんだよ」

キワさんが手にしていたのは、草刈《くさか》り用の鎌《かま》だった。

曲がり屋の前庭には、ユイの胸の高さくらいまで、草が生えていた。

しゃがみこんで鎌を振《ふ》ると、ザクッと小気味よい音がする。でも、始めて二時間は経《た》ったのに、刈れたのは、庭のほんの一部だ。

「ああっ、もうっ」

ユイは束になった草を、ひよりが抱《かか》えているザルにのせた。

「とりあえず井戸の周りまででいいから。終わったら廊下《ろうか》を拭《ふ》いておくれ」

キワさんに言われ、ユイは井戸を探した。

庭の奥《おく》に丸い囲いが見えた。そこまで到達《とうたつ》するには、まだずいぶんと草を刈らねばならない。

それに、終わったら、拭き掃除《そうじ》……。

井戸の周囲がきれいになった頃《ころ》には、夕方になっていた。

ポンプを押《お》し、水を出す。その水をバケツに汲《く》み、廊下を拭く。

——食べるんじゃなくて、コキ使う系のやまんば？

「つか、何でわたしらが掃除《そうじ》させられてるわけ？」

ユイはそう呟《つぶや》いて、立ち上がり、障子に手をついた。

きゅんっ……！

小さな悲鳴のような声が聞こえた。

周囲を見回しても、ひより以外は誰《だれ》もいない。

ふと見ると、ユイが手をついた障子に、指先ほどの穴があいてしまっている。

「障子って破れるときに、こんな音がするんだっけ？」

ひよりはユイのそばに立って、じっと小さな穴を見つめ、人指し指でそっと障子を突《つ》っついた。そして、近くの柱をぽんぽんと叩《たた》き、反応を窺《うかが》っている。

——何をしてるんだろ……。

ユイが不思議そうにひよりを見ていると、声がした。

「ふたりともお疲《つか》れさん。そろそろ夕ごはんにしようかね」

ごはんが炊《た》けるにおいが漂《ただよ》ってきているのに、ユイは気づいた。

キッチンへ行くと、白い湯気《ゆげ》が土鍋《どなべ》から吹《ふ》き出《だ》していた。

まな板の上には、切りそろえられた野草。それは、ユイたちがさっき刈《か》った草だった。

「こっちはウルイだよ。クリームスープに入れようと思ってね。ヨモギは天ぷらに、ツクシはバターソテーにしたからね」

「草ばっか」

不満げな声を発したユイを、キワさんが得意そうに見た。

「なんのなんの」

コンロの上でジュウと音を立てていたフライパンのふたを取ると、こんがり色がついたハンバーグが見えた。

「ユイとひよりが掃除《そうじ》をしてくれている間に、バスで買い物に行ってきたんだよ」

アイランドキッチンの食卓《しょくたく》に並んだおかずを見て、ユイは深く息を吸いこんだ。

避難所《ひなんじょ》ではあまりあたたかい食事はできなかったから、立ちのぼる湯気を見るだけでつい、頬《ほお》がゆるむ。

ハンバーグにはほんのり赤いソースがかかっていた。

「キイチゴで作ったソースだよ」

少し酸味のある甘《あま》いソースは、意外とあっている。

それにパリッとしたヨモギの天ぷら、ごはんにあうこっくりした味つけのツクシも思いのほかおいしかった。スープに入ったウルイもつるっとした食感と、サクッとした歯ざわりが小気味いい。

コクのあるスープがのどを滑《すべ》り落《お》ちていく。そのあたたかさが、固まった心さえ流していく気がする。

「こんなごはん、うちでは食べたことない」

何気なく口にしてしまって、ユイは身を硬《かた》くした。

うちのことや、通っていた学校のこと。自分の素性《すじょう》がわかるような話はなるべくしないでおこうと思っていたのに。

キワさんは気にすることなく、ユイとひよりに言った。

「食べ終わったら、必要なものを書き出しておいとくれ。明日は三人で買い物に行こう」

リビングと隣《とな》りあった板の間には、机がふたつ並べられていた。ユイとひよりの勉強部屋らしい。

ひよりはリュックから、教科書や本や文房具《ぶんぼうぐ》を出して並べ始めた。

ユイは着替《きが》えと洗面具ぐらいしか持っていなかったが、必要なものと言われても、何を買うべきかわからなかった。使っていた携帯電話《けいたいでんわ》は捨ててしまったので、新しいのがほしかったが、保護者の同意が必要になるだろう。それにバイトをしてためたお金はなるべく取っておきたかった。

草刈《くさか》りも掃除《そうじ》も今日はもうしないとなると、何もすることはない。ゴロンと寝転《ねころ》んで、ユイは天井《てんじょう》を見た。

どうしてだろう。この家にいると、包まれているように安心してしまう。

そのままうとうとしてしまい、気がつくと体には上着がかけられていた。座《すわ》って本を読んでいたひよりを見ると、目があった。

——この子がかけてくれたんだ。

ユイは体を起こし、ひよりが読んでいる本を見た。表紙には小学校のシールが貼《は》られている。読んでいたのは『ヘンゼルとグレーテル』だった。それはたしか……。

「森の中に住むおばあさんが、子供にお菓子《かし》の家を与《あた》えて、太らせて食べるって話……」

ブオオオオオ……。

この家に足を踏《ふ》み入《い》れたときに聞こえた音がまた響《ひび》いて、ユイとひよりは立ち上がった。

「ふたりとも、お風呂《ふろ》がわいたよ」

キワさんの声に、ユイはひよりと顔を見合わせた。

湯船にひよりと一緒《いっしょ》に浸《つ》かりながら、ユイはさっきの童話が気になっていた。

「おばあさんは悪い魔女《まじょ》でさ。たしか幼いきょうだいを煮《に》て食べようとして、大きな鍋《なべ》に湯をわかして……」

今、入っているのも、釜《かま》のようなお風呂であることに、ユイは気づいた。煮《に》えたぎってはおらず、あたりのやわらかな、ほどよいお湯だったけれど。

借りていた本とはいえ、あの童話を読んでいたということは、ひよりもやはり、なぜあのおばあさんが、ふたりを孫だと偽《いつわ》り、この家に連れてきたのか疑問を抱《いだ》いていたのかもしれない。

やっぱりちゃんと聞いてみよう。なぜ、どうして、が多すぎる。

風呂《ふろ》から上がったユイたちのために、キワさんはリビングでお茶を用意していた。

「たんぽぽの根で作ったお茶。体にいいんだよ」

細いひげ根がティーポットの中で揺《ゆ》れている。

ひよりもユイも、飲んでいいものかためらった。

「……こんな話を知ってるかい？」

ユイが意を決して疑問をぶつけようとする前に、キワさんが話し出した。

むかしむかしあったずもな。

ある村にのんきでぼんやりものの、でも、とても優《やさ》しくて正直者のお嫁《よめ》さんがおった。

お嫁さんはある日、フキを取りに山ン中に入っていった。

ところが急に激しい雨が降ってきた。お嫁さんはあわてて駆《か》け出《だ》し、小さなお社で雨宿りをした。

そばにあったお地蔵様が濡《ぬ》れていたので、お嫁《よめ》さんは自分がかぶっていた笠《かさ》を頭にのせてやった。

「よう似合っとりなさる」

笠地蔵を見て、お嫁さんはにっこりした。

雨が止《や》み、お嫁さんは帰ろうと歩き出したが、あたりは深い霧《きり》。歩いても歩いても見知った景色は現れんかった。

道に迷っているうちに、いつしかすっかり日が暮れてしもうた。

もうここで夜を明かすしかない……。

じゃが、闇《やみ》の向こうで、うおぉぉんと獣《けもの》の鳴き声が聞こえる。

お嫁さんは急に心細くなった。

ところが近くに一軒《けん》の家が見えた。明かりもついておる。

「ありゃー、こんな山奥《やまおく》に誰《だれ》の屋敷《やしき》だろう?」

お嫁さんは軒先《のきさき》でもいいから休ませてもらおうと、門をくぐった。

「誰かおりなさるかのう」

玄関口《げんかんぐち》から声をかけても返事はない。

お嫁《よめ》さんは戸を開け、おそるおそる中に入ってみた。

馬はおらんかったが、家は南部の曲がり屋で、右手に座敷《ざしき》があった。

囲炉裏《いろり》には火がついておって、鉄瓶《てつびん》がしゅんしゅんと音を立てておる。座敷には膳《ぜん》が並んでおった。立派なうるしの椀《わん》には、ほかほかのごはんや汁《しる》が盛られとった。

また何度も声をかけてみたが、やっぱり返事はない。

腹ぺこだったお嫁さんのお腹《なか》がぐうっと鳴った。

じゃが、主《あるじ》のお膳だろうと思って、お嫁さんはがまんした。

軒先《のきさき》でひと晩明かそうと、お嫁さんは玄関の前に座《すわ》って、眠《ねむ》りこんだ。

翌朝はすっかり晴れ、お嫁さんの住む里も山から見えた。

お嫁さんは家の前で、丁寧《ていねい》にお礼を言った。

「あんがとさんでした。ほんとうに助かりました」

すると返事をするように、ブオオオと家鳴りがしたそうな。

家に戻《もど》って、お嫁さんはおじいさん、おばあさん、おむこさんにその話をすると、

「その家はマヨイガだ。古い家に魂《たましい》が宿っておってな。道に迷った人をもてなして、富をもたらす家なんじゃ」

と教えてくれたそうな。

「マヨイガにあったら家のもんを何でも持ち出していいんだのに、何も持ってこんかったんだ?」

お嫁《よめ》さんは正直者で欲もなかったもんで、何にも持ってこんかった。

すると、次の日、川につぷんかぷんと赤い椀《わん》が流れてきた。

お嫁さんはその椀を拾い上げ、米を計るのに使い始めた。

すると食べても食べても、米は減っていかなかったそうだ。

それはマヨイガのお膳《ぜん》の上にあった椀と同じじゃった。

里のみんなは、それはマヨイガがくれたんじゃろうとうわさした。

そのお嫁さんの家はそれから栄えて、長者様と呼ばれるようになったんだと。


話を終えて、キワさんが言った。

「これでドントハレ」

キワさんがなぜ急にこんな昔話を始めたのか見当もつかず、ユイは聞いた。

「……何、その話」

「だから、マヨイガの話だよ。このマヨイガは道に迷った人をもてなしてくれるって言われてるんだ」

――マヨイガ。

『迷い家』と書くのだろうか。

「さ、お茶を飲んだらお休み」

結局、何も聞けず、ユイとひよりは寝室《しんしつ》に向かった。

ユイがふと廊下《ろうか》の障子を見ると、指で破った穴がなくなっていた。

「わたし、このへん破っちゃったよね」

直した跡《あと》もないまっ白な障子を指でなぞりながら、ユイは呟《つぶや》いた。キワさんが直してくれたのだろうか。

寝室の襖《ふすま》を開けると、もう布団《ふとん》が敷《し》かれている。

「これも、あのおばあさんが？」

ひよりはわからないというように首を傾《かし》げたあと、小さくあくびをした。

「あ、もう眠《ねむ》いよね」

ゆっくりお風呂《ふろ》に浸《つ》かり、たんぽぽのお茶を飲んで、体があたたまったせいもあってユイも眠かった。

襖の向こうではキワさんが寝《ね》ている。何かあったら、ひよりを連れて、逃《に》げ出《だ》さねばならない。

でも、用意されていた布団《ふとん》はお日様のにおいがして、ふっくらとあたたかかった。

こんなふうに気持ちよく眠《ねむ》りにつけるのは、ほんとうに久しぶりだ。

ユイが目を開けると、障子から射《さ》しこむ朝の光がまぶしかった。

自分がひと晩中ぐっすり眠っていたことに、ユイは驚《おどろ》いた。

ひよりはまだ眠っている。

隣《となり》の和室と隔《へだ》てている襖《ふすま》を開けて覗《のぞ》くと、布団はもう畳《たた》まれていた。

キッチンへ行くと、キワさんが朝ごはんのしたくをしていた。

「おはようさん。お茶でも飲むかい」

ユイの顔を見ると、キワさんが言った。

朝のあいさつくらいはしてもいいかもしれない。

「おはよう……」

言いかけたが、キワさんは勝手口から裏庭に出てしまっていた。

すると、ブオオオオオ……とまた家鳴りがした。強い風が吹《ふ》いたわけではないのに。中はリフォームされて新しくなっているが、やはり古い家だから軋《きし》むのだろうか。ユイはのどの渇《かわ》きを感じ、サンダルをはいて土間に降りた。

「水……」

声に出すと、キッチンの天板の上に水の入ったコップが現れた。

さっきはなかったように思えたけど、キワさんが置いておいてくれたのかもしれない。

冷たい水が飲みたかったので、コップを手に取り、ユイは冷蔵庫を見た。

「氷、あるっけ……」

カランと音がして、見るとコップの中に氷が入っていた。

さっきは……絶対になかった。

ひよりが起き出してきて、呆然《ぼうぜん》としているユイを不思議そうに見つめている。

キワさんが入ってきて、静かに言った。

「昨夜《ゆうべ》話したろ。ここはマヨイガ。迷いこんだ人をもてなしてくれる家だよ」

ブオオオオオ……。

そうだ、と言っているように聞こえる。

「ユイが破った障子も直してくれたし、お布団《ふとん》も敷《し》いてくれた。お風呂《ふろ》もいい湯加減にわかしてくれたんだよ」

――この家に魔法《まほう》が使えるっていうこと?

「怖《こわ》がらせようと思ったわけじゃない。全部、マヨイガがおまえたちのためにしたことなんだよ」

――おまえたちのため?

ユイの手からコップが滑《すべ》り落《お》ちた。ガラスが割れる音がして、床《ゆか》に破片《はへん》が散らばる。

頭の中にあいつの顔が思《おも》い浮《う》かんだ。

「おまえのためなんだ。おまえのために言ってるんだ」

あいつは、いつも自分を正当化するためにそう繰《く》り返《かえ》した。

ユイはサンダルのままリビングに上がって、ひよりの腕《うで》を掴《つか》んだ。

「はいて! 靴《くつ》!」

ひよりは言われるまま、運動靴に足を入れた。

木戸を開け、ユイはひよりの手を引いて、外に飛び出した。パジャマ姿のひよりは、靴のかかとを踏《ふ》んだまま、戸惑《とまど》いながらついてくる。

――逃《に》げなきゃ、逃げなきゃ。

あの家からなのか、あいつからなのか、両方からなのか混乱しながら、ユイは走り続けた。

尖《とが》った声がよみがえる。

「何だ、お帰りなさいも言えないのか」

「料理を作る時間があったら、勉強しなさい」

「文句でもあるのか」

「親にここまで言わせるおまえが悪いんだぞ」

「そんなんだから、かあさんが出ていったんだ！」

投げつけられた言葉は、いつもユイを凍《こお》りつかせ、動けなくさせていた。悲しみや怒《いか》りを忘れてしまいそうなほど、ただ怖《こわ》かった。

「……っ！」

短く鋭《するど》い息を吐《は》き、ひよりがつまずいて転んだ。

ユイは我に返り、ひよりに近づいた。

「大丈夫《だいじょうぶ》？　ケガしてない？」

膝《ひざ》についた土を払《はら》ってやると、ひよりは小さく頷《うなず》いた。

まだ小学生の子を連れて、どこへ行けるというのだろう。

しかもまだ、みんな日常を取《と》り戻《もど》そうと懸命《けんめい》な、この時期に。

途方《とほう》に暮れていると、キワさんが追いかけてきた。

「ひより、転んだのかい。ああ、ケガはないようだね」

キワさんはほっとした顔になり、ユイとひよりを交互《こうご》に見て、言った。

「怖《こわ》がらなくていい。怯《おび》えなくていいんだ」

顔をそむけると、キワさんはそっと手を伸《の》ばし、ユイの肩《かた》に置いた。

「マヨイガは人をもてなしたいだけなんだ。ユイやひよりのことを絶対に傷つけたりはしない。だから戻《もど》っておいで」

昔話に出てくる不思議な家。そんな家に戻っていいものだろうか。第一、このおばあさんを信用していいものか。

「わたしも同じだよ。ユイとひよりと一緒《いっしょ》に暮らしたいだけなんだ」

ユイは警戒《けいかい》しながら、キワさんから少し離《はな》れた。

「……アンタは何？　人間……なの、それとも……」

「ただの、ばあさんさ。わたしには何の力もありゃしない。ちょっと不思議なものたち——ふしぎっとたちにご縁《えん》があるだけでね」

「ふしぎっと？」

「ああ。人間の中には時々ね、ふしぎっとたちと出会うものがいるんだよ」

判断に迷っていると、ひよりがユイの手を取った。

驚《おどろ》いてひよりを見ると、戻ろうというようにユイの手を引っ張る。

――この子はあの家が気味悪くないのだろうか。それに、おばあさんのことも。

ただ、行くあてがない以上、ユイは戻《もど》るしかなかった。『マヨイガ』とキワさんが呼ぶ家に。

三人が戻ると、家からまたブオオオオオ……という声が響《ひび》いてきた。

「ふたりが戻ってきて、マヨイガも喜んでいるよ」

落ち着いて聞いてみると、たしかに喜びが混じっているようにも思える。

――この音は、家そのものが発していた声だったのか。

どこかに口なり、鼻なりがあるのかと思い、天井《てんじょう》や壁《かべ》を見回してみたけれど、特に変わったところはない。

「ほんとに大丈夫《だいじょうぶ》？　この家」

「ああ。家はね、人が暮らしてこそ、どんどんいい家になる。ちゃんと手をかけて、褒《ほ》めてやればいい家に育つ。人間と一緒《いっしょ》だよ」

この家にも感情があるのだろうか。うれしかったり悲しかったりするのだろうか。傷つけられると痛いのだろうか。

またわきあがる疑問と一緒に、ユイはマヨイガが入れてくれた水を飲みこんだ。

三人で訪《おとず》れたショッピングセンターは、まだ壁の一部が崩《くず》れていて、吹《ふ》き抜《ぬ》けの二階建てになった店舗《てんぽ》の半数しか営業していなかった。

それでも久しぶりの買い物は、ユイの気持ちを浮《う》き立《た》たせた。

明るい照明を浴び、並んだ商品を見て歩くだけで、普通《ふつう》の日々が戻《もど》ってきたような気分になった。買い物カゴの中に、歯ブラシや洗顔フォームしかなくても。

「それだけでいいのかい？　女の子だったらドライヤーなんかもほしいだろ」

並んで歩くキワさんは、インテリアコーナーに置かれたクッションに目をやった。

「ソファに、あんなクッションがあったらいいねぇ」

たしかに赤いソファにあいそうなチェックのクッションはセンスがよかったが、最低限、必要なものしかユイには買えるはずもなかった。

「すんぺすんな」

キワさんがユイの心中を察したように言った。

「わたしは、こう見えていろんなところで働いてきたからね、ちゃんとたくわえはあるんだよ。心配しなくていいさ」

「いろんなところって……」

「若い頃《ころ》は海女《あま》をやってたんだよ。海に潜《もぐ》ってアワビやウニを取ったりしたねぇ」

――普通に働いてたんだ。

ユイはちょっと拍子抜《ひょうしぬ》けした。不思議なものたちと縁《えん》があるというから、怪《あや》しい仕事をしていたのかとも、思っていたのだけど。

それに、ドライヤーは買わないといないらしい。

「……あの家が何でも出してくれるってわけじゃないんだ」

「まだ新米のマヨイガだからね。お布団《ふとん》を敷《し》くのと、お風呂《ふろ》をわかすのと、家の中を心地《ここち》よい温度に保つこと……それから、今朝みたいにパッと、水や氷くらいは出せるようになったみたいだね。鍋《なべ》やフライパンやコップを出すのは雑作なかったようだけど、ソファやキッチンは苦労したみたいだよ。電化製品はまだ無理のようだけどねぇ」

ユイは前にやったことがあるゲームを思い出した。ゲームの中で何かを作って売ったり、ノルマをクリアしたりするとポイントが手に入って、家の中に好きな家具を配置することができる。

——もしかすると、あのマヨイガにも、ゲームみたいに経験値が必要なのか。

それはそれで厄介《やっかい》な家だ。ユイたちには、あの家にできることとできないことがわからない。

「家電売り場はあとにして、ユイとひよりの着替《きが》えを買いに行こうか。食器ももう少しあったほうがいいねぇ」

ひよりが書籍《しょせき》売り場の前で立ち止まった。

お菓子《かし》の家が描《えが》かれた絵本の表紙が見えた。

ゴールデンウィークが明け、ひよりが通っていた小学校が再開されることになった。

キワさんが商店街に買い物に行ったとき、避難所《ひなんじょ》で何かとひよりの世話を焼いていた吉井さんから聞いたらしい。

ひよりにとって、声が出せなくなってから初めての登校になる。

先生も生徒さんたちも事情をわかっているだろうけれどねぇ、とキワさんはユイにだけ、少し心配そうに言った。

マヨイガが建つ子狐岬《こぎつねみさき》から小学校へ通うには、三十分ほど歩いてバスに乗らねばならない。

「散歩がてら一緒《いっしょ》に行く」

ユイはぶっきらぼうにそう言って、ひよりと国道沿いのバス停までやってきた。

ほかに誰《だれ》も待つ人のいない停留所からは、鮮《あざ》やかな新緑の木々が見えた。

ひよりはどことなく緊張《きんちょう》しているように見えた。

「ひとりで大丈夫《だいじょうぶ》？」

ユイがたずねると、ひよりは親指をピンと立て、頷《うなず》いた。その指の小ささが、頼《たよ》りない。

バスが来て、ひよりが乗りこもうとしたとき、ユイはメモ帳を差し出した。

「使いかけだけど。クラスの子と話すときに」

ステップに足をかけたまま、ひよりはユイの差し出したメモ帳を見つめた。

――余計なこと、しちゃったかな。

不安そうなユイの手から、ひよりはメモ帳を受け取り、笑顔《えがお》になって頷《うなず》いた。

発車したバスをしばらく見送っていたユイが振《ふ》り返《かえ》ると、海が見えた。

避難所《ひなんじょ》からマヨイガまで歩いてきた日と同じように、明るく青い。

「町まで行ってみるか」

呟《つぶや》いてから、それなら自分もバスに乗せてもらえばよかったのだと気づいた。時刻表を見ると、次のバスは一時間後だった。目の前を走っていく原付バイクを、ユイはうらやましそうに見た。

2

ひよりがバスに乗ると、玲子《れいこ》が目を見開き、声をかけてきた。きれいに切りそろえられたおかっぱの髪《かみ》が、玲子の瞳《ひとみ》をよりいっそう大きく見せている。

「ひよりちゃん」

玲子は同じ学年で、一年生ももうじき終わるという頃《ころ》に転校してきたひよりの面倒《めんどう》をよくみてくれていた。

ひよりが隣《となり》の席に座《すわ》ると、玲子が明るい表情で言った。

「よかった、ひよりちゃん、学校は変わらなかったんだね」

でも、その笑顔《えがお》が陰《かげ》った。

「香奈《かな》ちゃんみたいに、ひよりちゃんまでどこかへ行っちゃうのかと思って、心配しちゃった」

香奈は、玲子と同じようにこの狐崎《きつねざき》で生まれ育った同級生だったが、先月、残された家族とともに引《ひ》っ越《こ》していった。ひよりも同じように違《ちが》うところへ行ってしまわないか、心配していたのだろう。玲子に何か言ってやりたいが、ひよりには自分の声がちゃんと出るかどうか自信がなかった。四ヵ月も、ひとことも発することができないでいたから。

「巻尾《まきお》ー、今日から狐舞《きつねま》いの稽古《けいこ》始めんだろ」

通路をはさんだ席にいた男子が身を乗り出し、玲子に話しかけてきた。

「うん、やるよー」

玲子は返事をしたあと、ひよりの顔を見た。

「ひよりちゃんもおいでよ。まだ見たことないでしょ、狐舞い。狐崎に伝わるお神楽《かぐら》なんだ。毎年、うちで稽古してるの」

自分を気づかってくれる玲子の気持ちがわかり、ひよりはちょっとおどけて手を動かしてみた。

その仕草に玲子が吹《ふ》き出《だ》した。

「それじゃ盆踊《ぼんおど》りだよ」

どうやらまるで違《ちが》う踊りらしいが、玲子が笑ってくれて、ひよりはちょっとうれしくなった。

小学校前のバス停から、ひよりは玲子と校舎へと向かった。

高台にあったため浸水《しんすい》はしていなかったが、壁《かべ》のいたるところに亀裂《きれつ》が走っていた。

校庭には仮設の小さな校舎が建てられており、そこで短縮の授業を行うと、担任の先生が説明した。

十名ほどいた同級生は、引《ひ》っ越《こ》した数名をのぞいて、ほとんどが出席しており、ひよりは安堵《あんど》のため息をついた。

とはいえ、まだ家に戻《もど》れず、親戚《しんせき》の家で暮らしている児童も多いようで、授業よりも近況《きんきょう》を報告しあうことに時間が費《つい》やされた。

もし、自分が今の状況《じょうきょう》をみんなに話すとしたら、どう伝えればいいのだろう。

引き取られた親戚の家が被災《ひさい》し、ひとりで避難所《ひなんじょ》へ行くことになり、今は知らないおばあさんと高校生くらいのお姉さんと、マヨイガという不思議な家で暮らしている――。

そう聞いたらみんなぽかんとするだろう。すぐに家を出るように言われるかもしれない。

ひよりはユイがくれたメモ帳を取り出した。

『おばあさん』『おねえさん』『まご』『こぎつねみさき』『いえ』。

報告するのはこれくらいにしたほうがよさそうだ。

ほんとうのことを伝えるとみんな心配するかもしれないけれど、ひよりはどういうわけか、キワさんにもマヨイガに対してもあまり不安はなかった。

初めてあの家に入ったとき、ひよりは感じたのだ。おとうさんやおかあさんのように守ってくれそうなぬくもりを。そして、キワさんとユイ以外の、生き物の気配を。

それがまさか家だとは思わなかったけれど。

だから、ブオオオオという うなるような音を聞いたときも、びっくりはしたけれど、なぜか怖《こわ》くはなかった。障子が破れたときに発せられたきゅんという音は、かわいらしく感じられた。障子も柱も触《ふ》れてみると、どういうわけか安心感を覚えた。

だから、キワさんからマヨイガの話を聞いても、ひよりは驚《おどろ》くより、ああそういう家があるんだと納得《なっとく》してしまったのだ。

それにひよりは、この暮らしが楽しくなり始めていた。

この間行ったショッピングセンターで、結局はキワさんが一番、買い物に夢中になり、餅《もち》つき機《き》を買ってしまった。ホームベーカリーに興味を示したユイが、「つきたてのお餅も食べてみたいけど、それ買うんだったら焼きたてのパンのほうがよくない？」と言い出し、キワさんは「それもそうだねぇ」と言いつつ、その両方の伝票をレジへ持っていった。家に戻《もど》って、ふたりは「どっちかひとつでよかったのに」とお互《たが》いに言いあった。ひよりが思わず笑うと、マヨイガもブオオオオと声を上げた。ひよりにはマヨイガが笑ったように思えた。家が笑うなんて、とひよりはまたおかしくなった。

見知らぬ誰《だれ》かと、不思議な家で生活をする。本を読むのが大好きなひよりは、自分が童話の登場人物のひとりになったようにも思えた。

盛岡《もりおか》に住んでいた頃《ころ》のことは、なるべく考えないようにしていた。

どこを切り取ってもおとうさんとおかあさんがいるから。もう戻《もど》ってはこない三人の暮らしがあるから。

両親が亡《な》くなったあと、預けられた狐崎の親戚《しんせき》の家は、おとうさんのお兄さん一家が住んでいるところだった。そこには息子《むすこ》がふたりいたが、兄は仙台《せんだい》で働いていて、弟は東京の大学に通っていた。おとうさんのお兄さんも、その奥《おく》さんも、女の子を育てたことがないせいか、ひどく気をつかって遠慮《えんりょ》がちにひよりに接した。

そのぎこちなさが取れないまま、あの日になった。

ふたりとも海辺の水産加工場で働いていて、波にのまれたのだ。

ひよりは小学校にいて無事だったが、親戚の家も流された。

つらいことが続き、大きく環境《かんきょう》が変わり、ひよりは自分の気持ちが胸《むね》の奥底に沈《しず》んでしまったような気がしていた。

声が出ないのも不安だった。自分がどんなふうにしゃべっていたのかわからない。

でも、キワさんとユイとマヨイガのおかげで、以前のようではないけれど少し楽しいという思いが取り戻せたように思えた。

学校が終わると、ひよりは狐舞《きつねま》いの稽古《けいこ》を見学するため、玲子と一緒《いっしょ》に巻尾家へと向かった。

「うち、昔は網元《あみもと》だったんだって。魚を取る船がいっぱいあって、漁師さんたちもたくさんいたらしいんだ」

巻尾家は旅館のような大きな玄関《げんかん》があって、もうすでにほかの同級生や近所の人たちが広間に集まっていた。

ひよりにとって四ヵ月前にやってきた狐崎の町は、まだあまりなじみのない場所だ。だから、同じ学年の子供たち以外の人はよくわからなかった。

「ただいまー」

そうあいさつしながら玲子が入っていくと、おじいさんと大学生くらいのお兄さんが振《ふ》り向《む》いた。

「おお、お帰り」

「お帰りー」

玲子がひよりに言った。

「おじいちゃんとお兄ちゃん」

玲子がふたりにひよりを紹介《しょうかい》してくれた。

「同じクラスのひよりちゃん。前に話したことあるでしょ」

一瞬《いっしゅん》、おじいさんとお兄さんの表情がこわばった。

おそらく玲子が、ひよりの声が出ないことも話していたのだろう。

「ひよりちゃんも狐舞《きつねま》いやるって」

その言葉にひよりが驚《おどろ》いていると、玲子は大きな瞳《ひとみ》をくるくると動かし、うれしそうに言った。

「だよね？」

たぶん玲子はひよりと一緒《いっしょ》に稽古《けいこ》がしたいのだろう。そう思って、ひよりは頷《うなず》いた。

おじいさんは戸惑《とまど》いつつ、玲子を見た。

「じゃが、狐舞いには、かけ声もあるから……」

玲子がハッとして、申し訳なさそうな表情になった。狐舞いは声を出しながら踊《おど》るようだ。

「お神楽《かぐら》の笛、吹《ふ》いてもらったら？」

玲子の兄がおじいさんに言った。

「おお、そうだな。それでいいかい？」

ひよりが大きく頷くと、玲子の兄が優《やさ》しく微笑《ほほえ》んだ。

「あとで笛持ってきてあげるから」

「よかったね」

玲子の顔がやわらいだ。

声を出せないことで、みんなに気をつかわせている。それがひよりには少し心苦しかった。でも、笛ならば吹《ふ》けるかもしれない。リコーダーは得意なほうだから。ひよりは自分にできそうなことがあって、ほっとした。

十数名ほどが集まると、玲子のおじいさんが前に立ってあいさつを始めた。

「みなさん、今日は集まってくださり、ありがとうございます。今年は……夏祭りは中止でしょうが、秋の祭りは何とか例年通り行いたいと思っております。いろいろと大変かと思います。それでもみんなで力を合わせて、がんばりましょう」

その言葉に、年齢《ねんれい》の違《ちが》う人々が同じように頷《うなず》いた。

広間には過去のお祭りの写真が飾《かざ》られている。

狐《きつね》の面をつけた子供たちが踊《おど》る姿。お囃子《はやし》をする町の人々。見物に来ている人たち。写っている人たちの中には命を落とした誰《だれ》かがいるかもしれない、そう考えると、ひよりは息苦しくなった。

お囃子の稽古《けいこ》が始まった。

笛や太鼓《たいこ》が鳴り、謡《うたい》が低く響《ひび》く。

ひよりの記憶《きおく》がよみがえった。

両親の葬式《そうしき》のときに流れていた読経《どきょう》の声。

あのときひよりは呆然《ぼうぜん》と、花に囲まれた両親の写真を見ていた。何も言えずに、ただ見つめていた。

そんなひよりの背後で、列席した人たちがささやきあう声が聞こえた。みんな、残されたひよりのこれからを憂《うれ》えていた。その言葉がよみがえってくる。

「居眠《いねむ》り運転の車にぶつけられたんですって」

「両親を一度に亡《な》くすなんてね」

「あの子、これから誰《だれ》が……」

「狐崎に親戚《しんせき》がいるって」

「大丈夫《だいじょうぶ》なの？　あの子、声が……」

みんなの心配に、ひよりは飲みこまれそうになった。泣くこともできず、ひよりはじっと冷たいパイプいすに座《すわ》っていた。

思い出すと、胸が詰《つ》まるような感じがして、ひよりはよろよろと立ち上がった。

「ひよりちゃん？」

心配そうに発せられた玲子の声が聞こえた。

でも、ひよりは振《ふ》り返《かえ》ることなく、広間を飛び出した。

「ひよりちゃん!」

もう一度、声がして、ひよりは一瞬《いっしゅん》、迷った。立ち止まって、戻《もど》ったほうがいい。でも、戻ったらきっと、みんなわたしを心配そうに見る。そうしたら、どんな顔をすればいいかわからない。お葬式《そうしき》のときと同じように。

迷ったまま、ひよりは走った。走り続けた。

バスにも乗らず、ひよりは歩いて、マヨイガへと帰ってきた。

門を開けると、ブオオオオオという音が聞こえた。

――ああ、お帰りって言ってくれてるんだ。

違《ちが》うかもしれないけれど、ひよりにはそう思えた。

軒先《のきさき》には、黒い原付バイクが停《と》めてあった。

誰《だれ》か来ているのかと思ったけれど、前庭のウッドデッキにはキワさんとユイしかいなかった。

「お帰り」

キワさんが言った。

続けてユイが問いかけてきた。

「学校、どうだった?」

うなだれたひよりを見て、キワさんとユイが戸惑《とまど》ったような表情になる。

ただいまのかわりに笑顔《えがお》を作ろうと思ったけれど、できなかった。

「何かあったんだったら、教えて。ほら、メモ」

ユイが手を動かし、文字を書く真似《まね》をした。

ひよりはポケットに入れていたメモ帳を取り出して、表紙に挿《さ》していたシャープペンシルで、『きつねまい』と書いた。

「きつねまい？」

ユイがきょとんとひよりの幼い字を見た。

「ああ、狐崎に伝わるお神楽《かぐら》だよ」

キワさんが説明してくれた。

「子供たちが狐《きつね》の格好をして舞《ま》うんだ。若いモンは狐の面をつけて、魔《ま》を祓《はら》う破魔矢《はまや》を手に踊《おど》るんだよ」

「へー、何で狐？」

「……それはね」

キワさんが話し始めた。

むかしむかしあったずもな。

まだこのあたりに名前などなかった頃《ころ》のことだ。

近くの浜《はま》に、身《み》の丈《たけ》八尺にもなる海へビの化け物が流れ着いたんだそうな。

海へビはその浜を自分の住みかにしようとしたんだろう。

人が入ってくればはね飛ばし、舟《ふね》が海からやってくると真っぷたつにして沈《しず》めてしまう。

あたりに住んでいた人々は、その化け物を何とか退治しようとした。

じゃが、化け物の目を見ると、恐《おそ》ろしい幻《まぼろし》を見せられてしまい、追《お》い払《はら》うことはできんかった。

人々が困り果てたある日、浜に子狐《こぎつね》たちが現れた。

子狐たちはこの浜に住んでおったおじいさんによく魚をもらっておったそうな。

子狐たちは『マキリ』という小刀を、口にくわえておった。

マキリは「魔《ま》を斬《き》る」という刀。それで化け物の目を刺《さ》すよう、子狐たちはおじいさんに伝えた。

人々は化け物をおびき出し、お神楽《かぐら》を鳴らし、破魔矢《はまや》を手に踊《おど》った。

お神楽も破魔矢も魔物《まもの》を弱らせる力があるんだろう。

化け物はうまく力を出せんようになった。

弱った化け物に飛びかかり、その目を見んようにして、おじいさんはマキリで刺《さ》したそうな。

化け物の叫《さけ》び声《ごえ》が海に響《ひび》き渡《わた》った。

じゃが……息も絶え絶えになった化け物は、おじいさんに襲《おそ》いかかった。

残った力を振《ふ》り絞《しぼ》り、化け物はおじいさんをはね飛ばした。

それを最後に化け物は力を失い、おじいさんも息を引き取ってしもうた。

おじいさんの命と引《ひ》き換《か》えに、化け物は倒《たお》されたんじゃ。

子狐《こぎつね》たちは悲しんで、コーン、コーンと鳴いたという。

波間には悲しい子狐の声がいつまでも漂《ただよ》っておった。

それ以来、この岬《みさき》を子狐岬《こぎつねみさき》と呼んだそうな。

ドントハレ。


キワさんが話し終えるとユイが聞いた。

「その、ドントハレって何?」

「これでおしまい、という意味だよ」

ひよりはメモに書いた『きつねまい』の文字を見た。

――子供たちが舞《ま》うのは、子狐《こぎつね》があたりの人々を助けてくれたからなんだ。

黄金色《こがねいろ》の毛をした小さな狐が、コーン、コーンと鳴く姿をひよりは思《おも》い浮《う》かべた。

キワさんが優《やさ》しい口調でひよりにたずねた。

「それで、狐舞《きつねま》いがどうしたんだい？」

ひよりはまたメモ帳に書いた。

『にげてきた』。

「逃《に》げてきた？　狐舞いから？」

ユイが怪訝《けげん》そうに眉《まゆ》をひそめる。

書こうかどうしようか。でも、ふたりには自分の胸の内を伝えてしまってもいいような気がして、ひよりは少し迷ってから、文字を記した。

『おそうしきとにてる』

キワさんとユイは、それで理解してくれたようだった。

「……ひより」

ユイがひよりの名前を口にした。

最初は「ねぇ」や「アンタ」だった呼びかけが、一緒《いっしょ》に暮らすようになって「ひよりちゃん」に変わり、今は「ひより」とユイは呼ぶようになっていた。

そのとき、門のほうから声がした。

「こんにちはー」

段ボール箱を抱《かか》えた吉井《よしい》さんが立っていた。

中にはでっぷりとした猫《ねこ》が入っていた。目つきはふてぶてしかったが、どこか愛嬌《あいきょう》があった。

吉井さんがウッドデッキに箱を置くと、猫は勢いよく飛び出してきて、前足を伸《の》ばした。

「このあたりほかに誰《だれ》も住んでないでしょ。物騒《ぶっそう》だから犬でも飼ったらいいんじゃないかと思ったんだけど、見つからなくて。そうしたら、うちの庭に猫が入ってきて」

みゃあと鳴いて顔を上げた猫がなでてほしそうに見えたので、ひよりはそっと指を伸ばした。

猫は鼻をすりつけるくらい、ひよりに近づいてきた。鼻は少し濡《ぬ》れている。毛が腕《うで》に触《ふ》れ、むずむずとする。ぬいぐるみとは違《ちが》うぬくもりが感じられた。

「毛並みがよくて、きれいな猫でしょ。きっと前は誰かに飼われてたのよ。でも、家をなくしちゃったのかもしれないわねぇ」

猫は怯《おび》えもせず、堂々としていた。人間には慣れているのかもしれない。

「猫もいいねぇ」

そう言ったキワさんに、ユイが問いかけた。

「飼ってもいいの?」

「ああ」

ひよりは尻尾《しっぽ》を動かす猫《ねこ》を、じっと見た。自分より小さな生き物。でも、子猫ではないから自分よりは年を取っているのかもしれない。

「アンタもうちができてよかったねぇ」

吉井さんが安心したように言った。

キワさんは少しの間考えていたが、

「名前は……小福《こふく》だね」

と、微笑《ほほえ》んだ。

「コフク？」

「小さな福と書いて、小福。今までも猫は飼ってきたけど、みんなその名前をつけてるんだ。福は大きくなくてもいい。小さな幸福が毎日ここにあればいい」

小福は力を抜《ぬ》いて、だらりとお腹《なか》を見せてウッドデッキに寝《ね》そべった。

お腹の白い毛はふわふわで、ひよりはまた手を伸《の》ばし、触《ふ》れた。たんぽぽの綿毛よりはしっかりしていたけれど、やわらかかった。

「仙田《せんだ》食品さんでキャットフードももらってきたから」

肩《かた》にかけたバッグから吉井さんが出した袋《ふくろ》には、小福と同じような茶トラの猫の写真があった。

「あ、じゃあ、わたしのバイト代から引いといてください」

ひよりは怪訝《けげん》そうにユイを見上げると、キワさんが教えてくれた。

「仙田食品さん、来週からお店を再開するそうで、ユイがバイトさせてもらえることになったそうだよ」

ひよりは驚《おどろ》いてユイを見た。

ユイはあまり自分のことを話さないのでよくわからないけれど、いろいろとつらいことがあったのだろうと、ひよりは感じていた。でも、新しい場所で、ユイは新しいことを始めようとしている。

吉井さんがユイにたずねた。

「原付、どうだった?」

「あ、問題ないです」

ユイはひよりをバス停まで送ったあと、駅前の商店街まで歩いていったといい、そのときに吉井さんと会い、出前をやめて使わなくなったお蕎麦屋《そばや》さんの原付を譲《ゆず》り受《う》けたという。軒下《のきした》にあった原付はユイのものだったらしい。

ユイが仙田食品さんでバイトさせてもらえることになったのも、吉井さんが口を利《き》いてくれたからだそうだ。

「いろいろとお世話になって」

キワさんが頭を下げると、吉井さんはカッカと豪快《ごうかい》に笑った。

「いいのよぉ。キワさんにはうちの家を借りてもらえることになったし」

ここが吉井さんの家だったことを、ひよりは初めて知った。

「前はうちのひいおじいちゃんが住んでたんだけど、亡《な》くなってからはずーっと空き家だったの。それにしても、ずいぶんきれいになったわねぇ。こんなに早く修理してもらえて、よかったわね」

ひよりがそっと窺《うかが》うと、キワさんは目を細め、口をぎゅっと閉じた。

そういえば、マヨイガは古い家に魂《たましい》が宿ったものだと、キワさんが言っていた。

もちろんこれがただの家でなく、昔話に出てくるマヨイガだなんて言えないだろう。

キワさんは悠然《ゆうぜん》としていたが、むしろユイのほうが焦《あせ》って早口で言った。

「あ、ずっと空き家だったんですね。どうりで。草を刈《か》るの大変でした。一日じゃ終わんなくて」

「言ってくれたら手伝ったのに。何か困ったことがあったら、いつでもね。じゃあ」

大らかな吉井さんは、それ以上不思議がることもなく車で帰っていった。

「きれいになった、って言ってもらえてよかったねぇ」

キワさんが言うと、マヨイガはうれしそうにブオオオオオと声を上げた。

「ずいぶんとがんばって、直したからねぇ」

ユイが障子を破ったときも、いつの間にか直っていた。傷ができても治るように、マヨイガも自分の体を自分で修理することができるんだ。ひよりは感心して、マヨイガを見た。

のんきそうなキワさんに、ユイは少し苛立《いらだ》っているようだった。

「ほんとにいいの？　やばくない？」

ユイは商店街へ行ったとき、町役場の棚橋《たなはし》さんとすれ違《ちが》い、こう言われたそうだ。

「みなさん、住所の移転手続きはすんだ？　前に住んでたところの住民票の写しを取ってきてね」

あいまいに返事をして、ユイはそそくさと棚橋さんから離《はな》れたそうだ。

「学校のことも聞かれたけど、わたし、やめたって言っちゃった。まぁ、もう高校は行かなくていいんだけど、住民票って……」

「すんぺすんな」

「いやいや、心配だって。原付の免許《めんきょ》もほんとは住所、変更《へんこう》しないと……」

「ユイもひよりもわたしの孫、ここは三人の家。それでいいんだよ」

小福がにゃあーと声を上げた。

「そうだね、小福の家にもなったね」

ブオオオオ……。

マヨイガも、そうだと同意しているように聞こえる。

知らない他人同士が一緒《いっしょ》に暮らすには、いろいろとややこしいことがあるらしい。

ひよりにはそれくらいしかわからなかったが、キワさんが「すんぺすんな」と言うのだったら、大丈夫《だいじょうぶ》であるような気がした。


次の日、学校は休みだった。

本格的に授業が再開されるのは、もう少し先になるようだった。

ひよりは巻尾家にリュックを取りに行かなければと思ったが、気が重かった。みんなが狐舞《きつねま》いを稽古《けいこ》している最中に勝手に帰ってしまったのだ。

「今日はひよりに洗濯《せんたく》と掃除《そうじ》とごはん作るのを手伝ってもらおうかねぇ」

キワさんが明るい声で言った。

「まぁ、ひよりだけじゃなくて、ユイにもだけどね」

「えっ!」

ユイのバイトは来週からだったので、朝からひよりとふたりで、洗った洗濯物《せんたくもの》を干し、お風呂《ふろ》とトイレを掃除《そうじ》した。お昼ごはんを食べると、廊下《ろうか》や柱を拭《ふ》いた。

マヨイガはきれいになると、うれしそうにまたブオオオオオと声を発した。

ひよりはキワさんの言葉を思い出した。

――家はね、人が暮らしてこそ、どんどんいい家になる。ちゃんと手をかけて、褒《ほ》めてやればいい家に育つ。

「ふたりとも掃除の手際《てぎわ》がよくなったねぇ」

キワさんにそう言われると、ひよりはちょっとうれしくなった。

午後になって、ウッドデッキで小福と遊んでいると、門のほうから「こんにちは」と声がした。

立っていたのは玲子だった。

玲子はひよりが巻尾家に置いてきてしまったリュックを手にしていた。

出迎《でむか》えると、玲子はハキハキとキワさんとユイにあいさつした。

「巻尾玲子です」

「ひよりの学校のお友達かい？」

キワさんに聞かれ、ひよりはコクンと頷《うなず》いた。

「ひよりのリュック、持ってきてくれたんだね。よかったら、おやつでも食べていくかい」

岬《みさき》にある家の裏庭は海に面していて、午後の陽《ひ》が静かな波を照らしていた。

刈《か》った草の上に敷《し》いたシートの上には、キワさんが作ってくれたフルーツサンドが置かれていた。

白いパンとクリームの間に、宝石のような果物がはさまれている。刺《さ》し子《こ》のふきんを敷いた竹カゴに盛られているのもすてきだった。

「すごーい、ピクニックみたい」

玲子は目を輝《かがや》かせて喜んだ。

「たくさん食べとくれ。カップに紅茶も注《つ》いであるよ」

「はい！」

元気よく返事をして、玲子はフルーツサンドに手を伸《の》ばした。

「おいしー」

玲子は、口の端《はし》に白いクリームをつけて、微笑《ほほえ》んでいる。

おいしいものはどうして誰《だれ》かをこんな幸せそうな顔にするんだろう。ほんとうのおばあちゃんではないけれど、作ったのがキワさんだと思うと、ひよりはちょっと胸を張りたくなった。

「バスで来たの？」

ユイが聞くと、玲子はまた元気よく「はい」と答えた。

「あ、でも、あとで一番上のお兄ちゃんが車で迎《むか》えにきてくれるって」

玲子がひとりでわざわざリュックを届けにきてくれたことを思い出し、ひよりはポケットからメモ帳を取り出した。

『ごめんなさい』

ひよりはページをめくり、また書いた。

『わたし　きのう　めいわくかけた』

玲子はおかっぱの頭をぶんぶんと横に振《ふ》った。

「ううん、わたしこそ無理に狐舞《きつねま》い、誘《さそ》っちゃったかなって」

今度はひよりが小さく首を横に振った。

玲子は自分のせいでひよりを傷つけたのではないかと、考えていたのだろう。そうじゃない。

ひよりはそう言いたかったが、かわりに両手を口のそばに持っていき、笛を吹《ふ》く真似《まね》をした。

「あ……笛?」

玲子に向かって頷《うなず》くひよりを見て、ユイが聞き返した。

「笛って?」

「ひよりちゃん、狐舞いじゃなくて、お神楽《かぐら》の笛を吹くことになって……」

ひよりの表情を気にしつつ、玲子が言った。

「今度、おじいちゃんがひよりちゃんに笛を教えてくれるって。よかったらだけど」

「ああ、いいねぇ」

にっこりと微笑《ほほえ》んだキワさんにもひよりは頷《うなず》いた。

昨日は逃《に》げ出《だ》してしまったけれど、わざわざ荷物を届けにきてくれた玲子のためにも、明日は学校へ行って、狐舞《きつねま》いの稽古《けいこ》にも参加しよう。ひよりがもう一度、笛を吹《ふ》く真似《まね》をすると、玲子は笑顔《えがお》になった。

「巻尾さんのおうちは氏子《うじこ》さんなんだよね」

キワさんが海を眺《なが》めながら、玲子にたずねた。

「はい。だから、氏神様のお祭りは代々、うちが仕切ってるって」

「そうかい」

ひよりはキワさんが、海ではなく、深く切り立った対岸の崖《がけ》を見ていることに気づいた。

黙《だま》ってその崖を見つめるキワさんが、ユイも気になったらしい。

「何、見てんの?」

「袖ヶ浦《そでがうら》だよ」

キワさんは柵《さく》が設けられた岬《みさき》の端《はし》まで進んでいった。

ひよりたちも横に立ち、袖ヶ浦、とキワさんが言った崖《がけ》を見た。

「あの岩場には三《み》つ窯稲荷《がまいなり》があったんだけど、流されてしまったんだと」

崖の下には小さい舟《ふね》が二艘停《そうと》まっていて、人影《ひとかげ》が見えた。

「三つ窯?」

ユイが聞くと、玲子が答えた。

「袖ヶ浦にはね、洞窟《どうくつ》が三つあるの。一《いち》の窯《かま》、二《に》の窯《かま》、三《さん》の窯《かま》」

海面に近い岩壁《がんぺき》には、横に並んで、たしかに三つの穴があいていた。

「三の窯は大きいからサッパ舟《ぶね》が入れて」

櫓《ろ》を使う小さな手漕《てこ》ぎ舟《ぶね》をサッパ舟というのだと、玲子が説明してくれた。陸中《りくちゅう》海岸でよく使われているそうで、入り組んだ海岸を移動するのに、小回りが利《き》いて便利なのだそうだ。ウニやアワビ、刺《さ》し網漁《あみりょう》に使うらしい。

玲子は三の窯を指差した。

「あの中、空洞《くうどう》になっていて、天気のいい日は真っ青できれいなんだって」

青い洞窟。海の色が反射するのだろうか。真っ青な美しい世界を思《おも》い浮《う》かべたひよりに、キワさんの低い声が聞こえた。

「……ほんとうは四《よん》の窯《かま》まであるんだけどね」

「四の窯？」

玲子も知らなかったらしく、驚《おどろ》いたようにキワさんを見た。

「引き潮でも見えない海の底だよ。四の窯が一番大きいんだ」

ひよりは目を凝《こ》らしたが、洞窟《どうくつ》は三つしか見えなかった。

「きっと四の窯はないことにしておきたかったんだろうよ……」

崖《がけ》の上には、波にさらわれたのであろう小さな社が見えた。

鳥居とともに、社は壊《こわ》れ、その残骸《ざんがい》が残されていた。


その日は朝から雨が降っていた。

ひよりの布団《ふとん》に潜《もぐ》りこんで眠《ねむ》っていた小福の耳がピクリと動いた。

目を覚ましたひよりは起き上がって、小福の背をなでた。でも、小福は外を窺《うかが》い、何かを警戒《けいかい》している。

襖《ふすま》を静かに開け、続きの間を覗《のぞ》いてみると、キワさんはもういなかった。

昨日、キワさんは、「ちょっと変わったお客さん」が来ると言っていた。手料理をふるまうつもりらしく、ユイと一緒《いっしょ》に買い出しをして、準備をしていた。

ユイはまだぐっすり眠っていた。日曜日だからひよりもまだ寝《ね》ていてもいいのだけれど、布団を抜け出し、キッチンへと向かった。

そこにもキワさんはいなかったので、ひよりは玄関《げんかん》のほうを覗《のぞ》いてみた。

「おはよござんす」

誰《だれ》かの声が聞こえた。

「遠いところよく来てくれたねぇ」

キワさんが見知らぬ誰かと話をしている。たぶん、「変わったお客さん」だろうと思い、ひよりはサンダルをはいて玄関に出た。

「なぁに、川を下ってきただけだもの」

傘《かさ》をさしているキワさんの向こうに、いくつかの影《かげ》が見えた。少し背中が丸まっている。

「この一大事だもの。おらたちにできることは何でもする」

「でも、おれたちは海には潜《もぐ》ったことないしな。川と同じように潜れるもんだろうか」

何の話をしているのか、ひよりにはさっぱりわからない。

戸口の向こうを覗いて、ひよりは驚《おどろ》いた。

鳥のくちばしのような口、赤茶けた肌《はだ》、そして頭の上に皿。背中には甲羅《こうら》がある。

いつか絵本で見たことがある。あれはたしか――河童《かっぱ》だ。

河童が固まっているひよりに気づいた。

「おんや、驚《おどろ》かせたなぁ」

一番小さな河童《かっぱ》が、ぺちんと頭のお皿を叩《たた》いた。

キワさんが振《ふ》り返《かえ》り、ひよりを手招きした。

ひよりは小走りに駆《か》け出《だ》し、キワさんの腕《うで》にしがみついた。

「お客さんを紹介《しょうかい》しとくよ。猿《さる》ヶ石川《がいしがわ》の河童、隣《となり》が雫石川《しずくいしがわ》、次が北上川《きたかみがわ》、小槌川《こづちがわ》」

呼ばれると、河童たちはひょいと首を曲げ、あいさつした。

さっきお皿を叩いた、一番小さな猿ヶ石川の河童は杖《つえ》を突《つ》いている。

雫石川と北上川はそれより少し大きくて、小槌川の河童は群を抜《ぬ》いて背が高かった。

ぷっくりお腹《なか》の出た河童が、よっと手を上げて言った。

「おれは豊沢川《とよさわがわ》」

「おれは馬淵川《まべちがわ》から来たんだ」

隣にいたやせ細った河童が目を細めた。

ずらりと並んだ六匹《ぴき》の河童たちを、ひよりは目を丸くして見つめた。

名前についている『川』に、みんな住んでいるのだろうか。

「この子はうちの孫でひより」

キワさんに紹介され、ひよりはこわごわと会釈《えしゃく》をした。

「いろいろあったからねぇ。今、ちょっと声が出せなくて」

キワさんが付け加えると、河童《かっぱ》たちは小さくため息をついた。

「そりゃかわいそうになあ。ゆったりかまえていれば、今に声も出るんだし心配することはねぇんだぞ」

そう言って、馬淵川の河童がひよりの顔を覗《のぞ》きこんだ。ちょっと亀《かめ》に似た、ぎょろっとしているけれど優《やさ》しい目だった。

馬淵川は頭の皿を軽く叩《たた》いてみせた。

「元気がないときゃ、こうやって頭の皿を叩きな。アンタにゃ皿はないけどな」

キワさんは河童たちを裏庭へと案内し、袖ヶ浦の三つの窯《かま》を指した。

「三つの穴が見えるだろ。実はその隣《となり》に四つ目の穴があるんだよ。入り口は海の底のほうにあるらしいんだが、その中に入ってくれないかね」

一番大きな四の窯。そうキワが話していたのを、ひよりは思い出した。

「わたしが思うには、あるものを封印《ふういん》していたんじゃないかと思うんだよ。人目につかないところにね。でも、お社が壊《こわ》れているだろう」

「はあ。津波《つなみ》でやられたんだ」

馬淵川が身を乗り出し、崖《がけ》の上にある壊れたお社を見た。

「もしかすると、そのせいで……」

キワさんがみなまで言わないうちに、猿ヶ石川が手にしていた杖《つえ》をどんと地面に突《つ》いた。

「わかった、潜《もぐ》ってみよう」

河童《かっぱ》たちは崖《がけ》の端《はし》まで行き、ためらうこともなく柵《さく》を越《こ》え、次々と飛びおりていった。

――こんな高いところから？

ひよりはそっと崖の下を覗《のぞ》いてみた。

河童たちは途中《とちゅう》、突き出た岩に飛びおりたり、摑《つか》まったりしながら、崖を下っていく。飛びこめる高さまで来ると、海の中へと入っていった。

「さぁ、ここは河童たちに任せて、ごはんのしたくをしよう。ひよりたちにも手伝ってもらわなきゃ」

――やっぱり「変わった客」というのは、あの河童たちのことだったんだ。

「怖《こわ》かったかい？」

キワの問いかけにひよりは首を横に振《ふ》った。

「悪いふしぎっとたちじゃないのは、ひよりにもわかったろう」

ひよりは馬淵川の河童の目を思い出し、頷《うなず》いた。人とは違《ちが》う姿形をしているけれど、人の気持ちを理解してくれている。だから、あんな優《やさ》しい言葉をかけてくれたんだとひよりは思った。

「河童《かっぱ》だろうが何だろうが、いいものはいいんだよ」

マヨイガもいつもひよりたちのために、お風呂《ふろ》をわかしたり、布団《ふとん》を出したりしてくれている。肌寒《はださむ》い夜はあたたかくしてくれて、陽射《ひざ》しの強い日中は風を吹《ふ》かせてくれたりもする。

――キワさんの言うとおりだ。ふしぎっとであろうが、いいものはいいんだ。

「さぁ、ユイを起こしに行こうか」

笑《え》みを浮《う》かべていたひよりは、ユイがあの河童たちを見たら、きっと大騒《おおさわ》ぎするだろうと思い、ちょっと困った顔になった。

「朝からこんなに何作るの？　しかもきゅうりばっか」

起きてきたユイは、キッチンに並んだたくさんのきゅうりに、眉《まゆ》を寄せた。

「きゅうりは河童の好物だからねぇ」

「はあ？」

ひよりはおそるおそるメモに書いた文字を見せた。

『おきゃくさんはカッパ』

腰《こし》に手を当て、ユイは呆《あき》れた。

「ひよりまで。熱はないよね？」

頷《うなず》いても、ユイは手を伸《の》ばしてきて、ひよりの額にぴたりと当てた。細いやわらかな指から、心配が伝わってきた。

夕方には雨も上がり、雲間に青い空が見えた。

料理のしたくをすませ、ひよりとユイがリビングで休んでいると、声が聞こえてきた。

「いやー、なかなか入り口が見つからなくて、大変だった」

河童《かっぱ》たちが海から上がってきたのだ。

「お疲《つか》れさんでした。いくらあなたがたでも、一日中、水の中にいたんじゃ体も冷えたろう」

「上がらせてもらう前に、井戸で塩水を洗い流すか」

その会話を聞いて、ユイが怪訝《けげん》そうな顔をしている。

「もしかして、お客さん？　もう来てたんだ？」

ユイは玄関《げんかん》を出て、井戸のほうへ向かった。

ひよりはあわてて追いかけていった。河童たちを見たら、ユイはまたこの家を飛び出してしまうかもしれない。

河童たちは、かわるがわる桶《おけ》で井戸の水を浴びていた。

ユイは呆然《ぼうぜん》とその光景を見て、立《た》ち尽《つ》くしている。

「カ……カ……」

それが河童であることは認識《にんしき》したようだが、当然、信じたくはないようだった。

キワさんが気づいて、静かに振《ふ》り向《む》いた。

「そう、河童《かっぱ》たちだよ。昔話の中だけじゃない。実は、ちゃんといるんだよ。河童がいることを知ってる人間はあまりいないんだけどね。その人間の中にユイも入ったねぇ」

河童たちが口ぐちにあいさつした。

「よぉ」「はじめまして」「お邪魔《じゃま》してるよー」

ユイはまだ目を見開いたままだ。

「一緒《いっしょ》に暮らすからには、慣れてもらうしかない。しようがないとあきらめとくれ」

ユイは屈《かが》んで、勢いこんでひよりの肩《かた》を掴《つか》んだ。

「ひよりは大丈夫《だいじょうぶ》なの？　怖《こわ》くないの？」

『いいカッパたち』

ひよりはあらかじめ書いておいたメモを見せた。

ユイは力を抜《ぬ》き、自分に言い聞かせるように繰《く》り返《かえ》した。

「……ひよりが大丈夫なら、わたしも大丈夫」

気をたしかに保とうと、何度もひとりで頷《うなず》いているユイに、キワさんが言った。

「ユイはいいお姉さんだね。それに、いつも一生懸命《いっしょうけんめい》だ。そこが好きさ」

ひよりは大きく頷いた。出会ったときからずっと、ユイは自分を心配してくれている。

少し頬《ほお》が赤らんだユイの横を、河童《かっぱ》たちが、

「お邪魔《じゃま》しあんす」

と言いながら、家の中へと入っていった。

3

――ちょっと変わったお客さんが来るとは言われていたが、それが河童《かっぱ》だなんて。

ユイは流し台の前から、こわごわとリビングを見た。

テーブルを囲み、河童たちが座《すわ》っている。ユイがキワさんと作った料理を、河童たちはほとんどたいらげていた。

ひよりは河童たちにお茶や飲み物を運んでやっていたが、ユイは近づくことができなかった。

人間とはあきらかに違《ちが》う生き物が、家の中にいる。それも、何匹《なんびき》も。キワさんが呼ぶ『ふしぎっと』にこの河童たちも含《ふく》まれるのだろうか。

キワさんは慣れた様子で、その『ふしぎっと』たちと話している。

「それで四《よん》の窯《かま》には入れたかね」

この前、キワさんが袖《そで》ヶ浦《がうら》を見ながらしていた話をユイは思い出した。崖《がけ》の下には三つの洞窟《どうくつ》が見えたけど、海の底には四つめがあるらしい。

「何とか、入れた」

雫石川《しずくいしがわ》から来たという河童《かっぱ》が答えると、目をくりっとさせて北上川《きたかみがわ》の河童が続けた。

「まぁ、大きな洞穴《ほらあな》だった」

「あれは、ばあ様の心配したとおりだな」

杖《つえ》をかたわらに置いた、長老のような猿ヶ石川《さるがいしがわ》が表情を曇《くも》らせる。

「何か封印《ふういん》されているような感じはあった」

何の話をしているのかユイにはわからなかったが、見えない四つめの洞窟《どうくつ》に何かがあるらしい。封印されているというのだから、よいものではなさそうだ。

ひときわ背の高い小槌川《こづちがわ》が低い声で続ける。

「逃《に》げ出《だ》したようだぞ」

「悪さをしないうちに捕《つか》まえねばな」

「そのときはまた呼んでくれ、手伝うぞ」

小槌川と北上川がキワさんに向かって力強く言った。

一体、何を捕まえるというのだろう。それも『ふしぎっと』なのだろうか。

ユイが考えていると、カリッとハギレのよい音がした。でっぷりとした豊沢川《とよさわがわ》が、最後に残ったきゅうりのゴマ和《あ》えをかじっていた。食べ終えると、豊沢川は物足りなそうにカラになったお皿を見た。

「まだ、お腹《なか》すいてるのかい?」

キワさんが聞くと、豊沢川がちょっと照れたような顔で頷《うなず》いた。

「ユイ、何か残ってたかねぇ」

キッチンの台にも鍋《なべ》の中にも、料理はもうない。

「何も……」

ユイが言うと、豊沢川がちょっと情けなさそうな顔になった。あまりに哀《あわ》れな顔つきだったので、一応、冷蔵庫を覗《のぞ》いてみた。卵と生クリームとベーコンがあった。おととい、ユイが作ったパスタの材料の残りだ。

「カルボナーラなら作れるけど……」

猿ヶ石川が怪訝《けげん》な顔をしてユイを見た。

「カッパルボナーラ?」

「カルボナーラ」

ユイが訂正《ていせい》したにもかかわらず、豊沢川が弾《はず》んだ声で言った。

「いや食べてみてぇなぁ、カッパルボナーラ!」

もうユイは黙《だま》って鍋に湯をわかし、パスタをゆでる準備を始めた。

河童《かっぱ》たちは、ユイの作ったパスタをずるずるとうどんのようにすすって食べた。

「こりゃうめぇ！」

「最高だな、カッパルボナーラ！」

みんな喜んだようだったが、

「きゅうり入ってたっけか」

と、背の高い小槌川は首を傾《かし》げていた。

満足したように豊沢川が腹を叩《たた》き、急に立ち上がった。

「おれ、お礼に歌を歌う！　川のそばの幼稚園《ようちえん》から聞こえてきて、覚えたんだ。犬や猫《ねこ》が出てきてかわいい歌なんだ」

いいぞいいぞと河童たちがはやし立てると、豊沢川はくちばしのような口を大きく開けて、歌い始めた。

「まいごのまいごの　こねこちゃん　あなたのおうちはどこですか」

豊沢川は、そっと川の中で、園児たちの幼い声を聞いていたのだろうか。誰《だれ》も気づいてはいないけれど、ふしぎっとたちはそばにいるのだ。

調子はずれのその歌声を聞いて、ひよりが唇《くちびる》を動かした。声は出ていないけれど、一緒《いっしょ》に口ずさんでいるらしい。

ユイもその童謡《どうよう》の歌詞を、心の中で繰《く》り返《かえ》した。

迷子の子猫《こねこ》。うちのわからない子猫。名前を聞いてもわからず、鳴いてばかりいる。

――何だかわたしみたいじゃん。

フーッという声がして馬屋の前を見ると、小福《こふく》が河童《かっぱ》たちに向かって毛を逆立てていた。だが、河童たちが「にゃんにゃんにゃにゃにゃん」と覚えたての歌詞を口にしながら、頭の皿を太鼓《たいこ》がわりに叩《たた》きながら踊《おど》り出《だ》すと、あきらめたように小福は表へと出ていった。


夜が更《ふ》けると、河童たちは近くを流れる川に飛びこみ、泳いで帰っていった。

後片付けをして、床《とこ》についても、ユイはさっき見た宴《うたげ》の光景が頭から離《はな》れなかった。

「マジ眠《ねむ》れないわー」

自分があんな不思議な生き物たちと遭遇《そうぐう》するとは思ってもみなかった。世の中はまだまだ自分の知らないことで満ちているのだろうか。

ひよりを見ると、もう眠っていたが、口元が微笑《ほほえ》んでいた。

「楽しかったんだ……」

今日のひよりは出会ってから一番、イキイキとした表情をしていた。

まだ小学生だから、ありえない出来事を素直《すなお》に受け入れられるのかもしれない。

ユイも目を閉じ、眠《ねむ》りについた。

夢の中でユイは河童《かっぱ》と川の中を泳いでいた。泳ぎは得意なほうではないのに、足を動かし、腕《うで》をかくと一気に進める。川は上流の山にも、下流の海にもつながっていて、ユイはどこにでも好きなほうへ行ける。水の中は高い壁《かべ》に囲まれてはいなかったから、方向を決めれば、泳いでいくだけだ。流れに乗れば速く進む。逆らえば、一生懸命《いっしょうけんめい》、体を動かさなければ進めない。でも、自分の力で泳いでいくのは気持ちがよかった。

泳ぎを止めたのは、小さなうなり声だった。

ひよりの枕元《まくらもと》で眠っていた小福が、障子の向こうを睨《にら》んでいる。

河童が戻《もど》ってきたのだろうかと思い、ユイは布団から出た。

ひよりも目が覚めたらしく、不安そうな顔で起き上がった。

次の瞬間《しゅんかん》、続きの間の障子が勢いよく引かれる音がした。

ユイは襖《ふすま》を開け、キワさんの寝室《しんしつ》を抜《ぬ》けてウッドデッキに出ようとしたが、それより先に小福が走ってきて庭に飛びおりた。

その庭では何かが赤く光っていた。

目を凝《こ》らすと、それがヘビのような生き物であることがわかった。

小福よりはひと回り小さいが、頭が異様に大きい。

その生き物は、小福に気づくと、素早《すばや》く地面を這《は》い、逃《に》げていく。小福があとを追いかけようとすると、キワさんが声を上げ、制した。

「小福！」

一瞬《いっしゅん》、小福は動きを止め、その隙《すき》にヘビのような生き物は垣根《かきね》を抜《ぬ》けていった。

「……すばしっこいやつめ」

キワさんが小さく呟《つぶや》いた。

戻《もど》ってきた小福は不満そうに顔を上げ、「にゃー」と鳴く。

ひよりがその背中をそっとなでてやっていた。

「何？　今の、ヘビ？」

キワさんはまだ闇《やみ》の中を見ていたが、ユイが聞くと、表情をやわらげた。

「今日は疲《つか》れたろ。もう遅《おそ》いからお休み」

目の奥《おく》にはまだどこか禍々《まがまが》しい赤い光が残っている。うかつに近づいてはいけない。小福よりも小さいのに、とても危険な感じがした。

キワさんの張《は》り詰《つ》めたような表情も気にはなったが、明日はバイトの初日だったので、遅《おく》れるわけにはいかない。

ユイはひよりと寝室《しんしつ》に戻り、目を閉じた。

お蕎麦屋《そばや》さんに譲《ゆず》ってもらった原付バイクに乗り、ユイは仙田《せんだ》食品へと通い始めた。

走っていると、うっすらと潮の香りを含《ふく》んだ初夏の風が頬《ほお》をなでていく。

橋を渡《わた》って坂を下ると、十字路があり、そこにはお地蔵様が立っている。

「お地蔵様は子供の守り神でもあるんだよ」

お地蔵様は道祖神であると同時に、子供たちを守ってくれているらしい。

名前の由来も、『大地』がすべての命を育む力を『蔵する』ように、人々を無限の大きな慈悲《じひ》の心で包みこみ、救っているから『地蔵』と呼ぶそうだ。

キワさんにそう教えてもらってからは、ユイはいつも、お地蔵様の前で一旦《いったん》、バイクを停《と》めていた。風が通《とお》り抜《ぬ》ける場所のようで、お地蔵様の赤いよだれかけがいつもずれていたからだ。ユイはさっとよだれかけを直して、少しだけ手を合わせた。

その手からは甘《あま》くさわやかな香りがした。この間、キワさんに教えてもらって作った石けんのにおいだった。市販《しはん》の石けんをすりおろし、庭に生えていたハーブを乾燥《かんそう》させたものと精油を加えて、手でこねて、形を作る。一週間は乾《かわ》かさねばならないようで、作ったものはウッドデッキに並べた。ひよりは猫《ねこ》の形のものを作っていたが、小福は昼寝《ひるね》する場所を占領《せんりょう》されて不満そうだった。

ほかにもキワさんはいろんなことを教えてくれた。お米を買って帰らなければならないのを忘れ、カラになった米びつを見て、あちゃーとなったユイに「すんぺすんな」と、ひっつみ汁《じる》の作り方を教えてくれた。小麦粉に水を混ぜ、耳たぶほどの固さにこねて作った生地《きじ》は、素朴《そぼく》な味がした。

刺《さ》し子《こ》も習った。キワさんは、ひよりのメモ帳を入れるポシェットを作ったのだが、布地には規則正しく並んだ刺繍《ししゅう》がほどこしてあった。とてもかわいらしかったので、バイトのときに使っているる無地のエプロンに、ユイも模様がほしくなり教えてもらうことにした。縫《ぬ》い目《め》が曲がって不格好になっても「それも味があんべ」とキワさんは笑った。

おだやかな暮らしが、ひと針ひと針、糸を通した刺し子のように、連なっていった。

慣れてみると、マヨイガも快適な住まいだった。

住み始めた頃《ころ》から、お風呂《ふろ》をわかしたり、エアコンのように快適な温度の風を送ったり、破れた障子を直したりしていたが、さらにいろんなことができるようになっていった。

食器を洗うことはできなかったが、洗った食器を元あった場所にしまうことができるようになり、出かけるときには玄関《げんかん》の引き戸を自動で開けてくれるようになった。

ただ、食器を割ったり、早く戸を閉めすぎて、ユイをはさみそうになることもあった。

「まったく、もう」

ユイが言うと、マヨイガは申し訳なさそうな声を上げる。

でも、「ありがとう」と感謝の言葉をかけると、うれしそうにブオオオオと音を鳴らした。

最初はオオカミのように聞こえたうなりも、聞き慣れると、風や雨や小福の鳴き声と同じように、生活の中に普通《ふつう》にある音のひとつになった。

以前あった毎日は、いつも何かが砕《くだ》けるような感じがしていた。割れた破片《はへん》はあたりに散らばったままで、うっかり踏《ふ》んでしまうとケガをしてしまいそうだった。でも、今は、日々が優《やさ》しく積み重なっていく。羽毛《うもう》のようにふんわりとしていて、あたたかさで体が包みこまれるような感じ。

仙田食品に着くと、ユイは店主の智子《ともこ》さんにあいさつしてから、エプロンをつけ、倉庫から調味料類を出して並べ始めた。

ユイの主な仕事は、商品の陳列《ちんれつ》と配達だった。以前は、智子さんの旦那《だんな》さんがしていたらしい。店の奥《おく》にある茶の間には、幼稚園《ようちえん》の入園式で撮《と》った男の子と夫妻の写真が飾《かざ》られていた。子供が生まれたばかりの時期に撮られたものや、結婚《けっこん》したばかりだと思われる頃《ころ》の写真もあった。若いふたりがコスモスが咲《さ》く野で、寄《よ》り添《そ》い、カメラに向かってぎこちなく微笑《ほほえ》んでいた。

ユイは仕事を始める前、その写真たちに向かってそっと手を合わせていた。

棚出《たなだ》しはそんなに時間がかからなかったし、配達もまだそれほどなかったので、ユイは智子さんに許可を得て、おすすめの品のコーナーを設けてみたり、自分で工夫《くふう》してPOP《ポップ》を作ったりした。商品の空き箱をカード状に切って、蛍光《けいこう》ペンも使って、「ごはんにあう！」であったり「ゆでた野菜とあえてもOK！」などとおすすめポイントを書いた。そんな小さな工夫を智子さんはすごく褒《ほ》めてくれた。

「いいわね。店が明るくなった感じがする。買い物するのも楽しくなるし。ユイちゃん、すごい」

キッチンを借りて、自分と智子さんのお昼ごはんを作ることもあった。ユイの得意なパスタが多かったが、ソースをトマトベースにしたりクリーム味にしたり、スープ仕立《じた》てにしたりとなるべく替《か》えた。

「おいしい！　ユイちゃん、料理上手なのね」

智子さんに「隠《かく》し味《あじ》にこの調味料を使った」「ベーコンを入れるのは自分で考えたアレンジで」と話しながら食べるのは楽しかった。自分のしたことに興味や関心を持ってもらえることが、こんなにも心を満たしてくれるのかということを、ユイは初めて知った。

時には幼稚園《ようちえん》から帰ってきた智子さんの息子《むすこ》の遊び相手になることもあった。ユイが本を読んでやったり、ゲームに付きあってやったりするのを見ると、智子さんのほうがうれしそうだった。

「ユイちゃん、優《やさ》しいのね。それにとっても子供の相手が上手」

智子さんの言葉たちも、ユイの心の中に積もっていった。

しょうゆの瓶《びん》を並び終えると、自動ドアが開いて、お客さんが入ってきた。

反射的に「いらっしゃいませ」とユイが顔を向けると、町役場の棚橋《たなはし》さんの姿があった。棚橋さんはユイに気づき、軽く頭を下げた。

「こんにちは」

ユイはあいさつを返せず、うつむいた。

「ちょうどよかった」

棚橋さんはユイに近づいてくる。

住所の移転手続きがまだすんでないことをまた指摘《してき》されたらどう答えようと、ユイは必死に頭をめぐらした。

「この前の話なんだけど、もう手続きはすんでたわ。わたしの勘違《かんちが》いだった」

棚橋さんの言葉にユイは顔を上げた。

「役場も人が足りてなくて、ごめんなさいね」

——キワさんがやってくれた？

でも、ユイは前の住所をキワさんに教えていない。

ユイは今朝、出かけるとき、キワさんに何気なく言われたことを思い出した。

「ああ、そうだ。お地蔵様に頼《たの》んどいたよ」

どういうことかわからず、ユイは問い返した。

「何を?」

「ユイとひよりが、ちゃんとここにいられるように」

――あのときは意味がわからなかったが、もしかすると……。

気づくと棚橋さんは会計をすませ、店を出ていっていた。

レジに立っていた智子さんが、突《つ》っ立《た》っているユイを心配そうに見た。

「ユイちゃん、どうかした?」

「あ、いいえ」

「ほんとう? 大丈夫《だいじょうぶ》?」

「マジ大丈夫っす」

ユイがわざと大げさにガッツポーズをすると、智子さんはほっとしたように笑った。

「じゃあ、巻尾《まきお》さんちに配達お願いできる? 配達がすんだら、今日はもう上がっていいわよ」

注文品のペットボトル飲料を原付にのせると、ユイはエンジンをかけ、走り出した。

いつものお地蔵様の前でユイはバイクを停《と》めた。

キワさんがお願いしたのは、このお地蔵様なのだろうか。

とりあえず、ユイはしゃがんで手を合わせた。


巻尾家の中からはお囃子《はやし》が聞こえてきた。

ハァーア　千代のや　お神楽《かぐら》　舞《ま》い遊《あそ》ぶ
四方《よも》の神々　おもしろや
ハァーア　拝めば神もり　そうあるものや
重ね重ねに　おもしろや

合間に子供たちの「コーン、コーン」という声が混じっている。

ひよりが話していた狐舞《きつねま》いの稽古《けいこ》をしているのだと、ユイは気づいた。

「仙田食品です。配達にきましたー」

声をかけ、玄関先《げんかんさき》に荷物を置くと、原付を譲《ゆず》ってくれた蕎麦屋《そばや》の青年が出てきた。

「あ、お疲《つか》れ様《さま》。調子、どう？」

蕎麦屋の青年は右手でエンジンをかける真似《まね》をした。

「大丈夫《だいじょうぶ》です。バイトにもすごく助かってます」

話していると、ひよりも出てきた。声でユイが来たのだと気づいたのだろう。

「大丈夫?」

小声で問いかけたユイにひよりは笑顔《えがお》で頷《うなず》いた。手には笛が握《にぎ》られていた。

奥《おく》から吉井《よしい》さんが出てきた。

「あら、今日は狐舞《きつねま》いの見学? 参加してくれるんだ」

「え?」

ユイがきょとんとしていると、蕎麦屋《そばや》の青年がユイに弓と破魔矢《はまや》を手渡《てわた》した。

「あの、これ……」

「青年部はこれを両手に持って踊《おど》るんだ」

吉井さんも蕎麦屋の青年も、ユイが狐舞いに参加すると思いこんでいるようだ。

「いや、あの」

ためらうユイにひよりが両手でメモ帳を差し出して、見せた。

『いっしょに』

たしかに一緒《いっしょ》に参加すれば、ひよりの様子もわかる。また両親のお葬式《そうしき》を思い出して気分が悪くなったときには、付《つ》き添《そ》ってやれるだろう。それに、書類上もキワさんの孫となり、この町の住人になったのなら、もう身元についてびくびくしなくてもいいのかもしれない。そう考え、ユイは広間に上がった。

子供たち、青年たち、お囃子《はやし》に参加する人たち。十数人の人がそれぞれの稽古《けいこ》をしていた。来ている人たちはみな、秋に行われる子狐祭《こぎつねまつ》りを楽しみにしているようだった。

ひよりは玲子《れいこ》のおじいちゃんに笛を習っていて、「うまくなったなぁ」と褒《ほ》められるとはにかんだように笑った。

ユイは蕎麦《そば》屋の青年から踊《おど》りを習った。

左手で弓を持ち、右手で破魔矢《はまや》を手にして、射る真似《まね》をする。

ユイは弓も破魔矢も手にするのは初めてだった。

よく見てみると、赤と白で塗《ぬ》られた矢の先は丸くなっていた。

「破魔矢は、破魔弓《はまゆみ》で射ることによって、魔《ま》が発する妖気《ようき》を破って浄化《じょうか》する……と言われてるんだ。だから、鋭《するど》く尖《とが》ってなくてもいいんだ」

蕎麦屋の青年の説明を聞いて、神事にはいろいろ理由があるんだなとユイは思った。

踊りは意外に複雑な動きで、簡単には覚えられそうになかった。それでも、蕎麦屋の青年は「初めてにしてはうまい、うまい」「いいね、今の感じ」「おーサマになってきたなぁ」と明るく言ってくれる。

中学校のときに入っていた軟式《なんしき》野球部の練習を、ユイは思い出した。部員が少なかったせいか、先輩《せんぱい》たちは優《やさ》しくて、居心地《いごこち》がよかった。肩《かた》が強かったユイはセンターを任された。でも、あいつは「そんなことして何になる」とグローブもボールも買ってくれようとはしなかった。部活で遅《おそ》くなると、叱《しか》られた。結局は練習に行かなくなり、ユイは軟式野球部をやめた。

日が落ちる頃《ころ》、稽古《けいこ》は終わった。

「また来週」

蕎麦屋《そばや》の青年はこれからまた店を開けるらしく、急いで帰っていった。

ユイが原付を押《お》し、ひよりと帰ろうとすると、ほかの参加者たちと立ち話をしていた吉井さんが声をかけてきた。

「気をつけて帰ってね」

「あ、はい」

頭を軽く下げながらユイが答えると、吉井さんは少し声を落として言った。

「最近、何かヘンなのよ。昨日の晩からうちの犬がやたら怯《おび》えててね。知り合いンとこの猫《ねこ》もいなくなっちゃって」

吉井さんと話していた同じ年くらいの女の人も不安そうな顔で言う。

「串焼《くしや》き屋《や》をやってた村田《むらた》さん、玄関《げんかん》に亡《な》くなった奥《おく》さんが出てきたんだって。それでね……

『アンタ、もうここを出ていこう』って言ったんだって。まぁ、そのせいじゃないとは思うけど、村田さん、ほんとうに出てっちゃって」

「そういえば、小宮山《こみやま》さんは遠くへ引《ひ》っ越《こ》したはずの、お隣《となり》さんを見たって。物音がしたから外に出てみると、そのお隣さんが立ってたんだって。それでね、『小宮山さんも引っ越したほうがいいよ、寂《さび》しくないよ』って誘《さそ》うんだって」

ほかの人たちは、吉井さんたちの話を信じられないようだった。

「夢じゃないの？」

「でも、真っ昼間だったんだってよ」

言ってから、吉井さんはあわててユイとひよりを見た。

「何かヘンな話しちゃってごめんなさいね」

どう返事をしていいかわからず、ユイはまた小さく頭を下げて、巻尾家をあとにした。

まだ、あの日から三ヵ月ほどしか経《た》っていない。まだ、みんな不安を抱《かか》えている。元気そうにしているけれど、何かがあると心の奥《おく》の不安や悲しみや恐怖《きょうふ》がよみがえるんだと、ユイは思った。

バスに乗ったひよりと最寄《もよ》りの停留所で待ち合わせ、ユイはそこから原付を押《お》して林の中を歩いていた。

まだ日は暮れてはいなかったが、空には闇《やみ》の前の濃《こ》い青い色が広がっていた。

ひよりに話すというより、自分の頭を整理するためにユイは言った。

「みんな、夢っていうか幻《まぼろし》っていうか、いないはずの人を見たってこと？　やばくない？」

ユイは昨晩に見た赤い目のヘビのような生き物を思い出していた。

キワさんが言っていた四の窯に封印《ふういん》されていたという何かのことも。

「昨日のヘビみたいなのが、出てきたやつなのかな。それが関係あるのか……」

そのとき、茂《しげ》みの中で何かが動いた。

音がしたほうを見ると、赤い光がギラリと光っている。

ヘビのような生き物が這《は》いずり出《で》てきて、ユイたちの行く手を塞《ふさ》いだ。

鎌首《かまくび》をもたげ、その赤い目の生き物は、大きな頭が裂《さ》けんばかりに口を開けた。

「やば……」

ユイは身がまえ、片手でひよりを引き寄せた。

背後でも何かが這いずる音が聞こえ、ユイは振《ふ》り向《む》いた。

そこにも同じような生き物が口を開けている。

前後をはさまれ、ユイは焦《あせ》った。だが、どうしていいかわからず、その場を動くことができない。

二匹《ひき》のヘビははねるように迫《せま》ってくる。

赤いぎらついた目にユイは吸い寄せられそうになったが、そのとき、ひよりが顔をそむけた。目を閉じたひよりの肩《かた》を、ユイはぐっと摑《つか》んだ。

次の瞬間《しゅんかん》、木立の間から別の何かが飛び出てきた。

それも、二匹。角ばった顔。ギロリとした大きな目。小さな獅子《しし》のような体軀《たいく》。片方にツノがある。

犬のようにも見える二匹は赤い目をしたヘビたちの前に、それぞれ立《た》ち塞《ふさ》がった。ツノのないほうが口を開け、吠《ほ》えた。犬の鳴き声ではなく、ライオンのように迫力《はくりょく》がある。

威嚇《いかく》されたヘビたちはそれぞれ別の方向へ逃《に》げていった。

あとから現れた二匹の姿には見覚えがあった。神社にある狛犬《こまいぬ》。対《つい》になった阿《あ》と吽《うん》だ。

「ユイー。ひよりー」

家のほうから心配そうな顔のキワさんが駆《か》けてきた。

マヨイガのリビングには二匹の狛犬が、ユイとひよりの両脇《りょうわき》に鎮座《ちんざ》していた。

キワさんとユイで足の泥《どろ》を丁寧《ていねい》に拭《ぬぐ》う間、狛犬は申し訳なさそうにしていた。顔は怖《こわ》いが、河童《かっぱ》たちのように、気は優《やさ》しいようだった。

「避難所《ひなんじょ》の裏の神社にいた、あの狛犬《こまいぬ》さんだよ」

「あのときの……」

ユイは、ひよりが狛犬の上に倒《たお》れていた木をどかそうとしていて、自分も手伝ったことを思い出した。でも、今隣《となり》にちょこんと座《すわ》っている阿吽《あうん》が同じものかは確信が持てない。

ひよりが笑顔《えがお》を向けると、狛犬たちはうれしそうに尻尾《しっぽ》を振《ふ》った。

「この狛犬さんたちが、ひよりとユイのことを教えてくれたんだ」

——避難所にキワさんが現れたのは、狛犬たちからわたしたちのことを聞いたからだったんだ。

突然《とつぜん》、ふたりを自分の孫だと言い出したキワさんを、あのときはあんなに警戒《けいかい》したのに。今は、まるでほんとうの家族のように暮らしている。

でも、キワさんの周りは不思議なことだらけで、そのことにまだユイは慣れそうになかった。

「狛犬さんたちにはしばらくここにいてもらうよ」

「マジ？」

「ふたりを守ってもらおうと思っているんだよ」

言葉がわかるのか、狛犬たちはキワさんを見て、小さくうなった。

ユイはこの狛犬たちが追《お》い払《はら》った赤い目のヘビを頭に浮《う》かべた。

「さっきの、赤い目の……あれ、何なの？」

ひよりも不安そうにキワさんを見る。

キワさんは静かに目を閉じてから、話し出した。


むかしむかしあったずもな。

まだこのあたりに名前などなかった頃《ころ》のことだ。

近くの浜《はま》に、身《み》の丈《たけ》八尺にもなる海へビの化け物が流れ着いたんだそうな。その化け物は赤い目をしていたもんで、『アガメ』と呼ばれた。

アカイメがなまってアガメ。

アガメはその浜を自分の住みかにしようとしたんだろう。

じゃが、アガメが何よりも恐《おそ》ろしいのは、その目じゃった。

アガメにあったらその目を見てはだめだ。

アガメの目を見てしまうと、人はありえないものを見てしまう。

お化けのような恐ろしいもんの幻《まぼろし》。

大事な人が死んでしまう幻。

愛する人の幻《まぼろし》。

そんな幻を見せるのは、アガメが人の悲しさや寂《さび》しさ、そして恐怖《きょうふ》が大好物だからじゃった。

人が恐《おそ》ろしいと思う気持ち。

大切な誰《だれ》かが帰らぬ人となったときの悲しさ。

見知った人がどこかへ行ってしまう寂しさ。

アガメはそんな人の心の叫《さけ》びを、吸い出し、それを飲みこみ、大きくなる。

そして、自分が住む場所から、ほかの生き物を追い出す。ひとっこひとり、暮らせんようにな。誰もおらんようになった場所を自分だけの住みかにするんじゃ。


そこで話は途切《とぎ》れた。

「この話はドントハレとはいかんかった」

キワさんは深いため息をついた。

「狐舞《きつねま》いの話をしたときに、出てきた化け物というのはこのアガメのことさ」

ユイは、村のおじいさんが子狐《こぎつね》にもらった刀で、アガメを退治したという話を思い出した。それが、狐舞いの由来だとキワさんは教えてくれた。

「じゃが、アガメを完全に退治することはできんかった。倒《たお》されたアガメは元の小さな一匹《ぴき》のへビのような生き物に戻《もど》った。それを瓶《びん》に入れて、四の窯に封《ふう》じこめ、袖ヶ浦にお社を建てたそうな」

この間、河童《かっぱ》たちは何かが封印《ふういん》されていた四の窯を調べに海に潜《もぐ》った。津波《つなみ》でお社が壊《こわ》れたせいで、封印が解け、そこから抜《ぬ》け出《だ》したのは……。

「じゃあ、さっきの赤い目をしたヘビがアガメなんだ……」

キワさんはゆっくりと頷《うなず》いた。

「流れ着いた大きなアガメも、元は小さかった。だが、人の心の叫《さけ》びを飲みこんで、アガメは大きくなる。そして、頭がふたつに割れたかと思うと、二匹《ひき》に増える。はじめは一匹じゃったアガメは、どんどんと増えていく。そして分かれたアガメは集まり、合体し、人の何倍も大きくなるそうな」

最初に庭に現れたときは一匹だった。でも、林の中で見たのは二匹。大きくなったアガメが分かれたものなのだろう。

「でも、人の心の叫びを飲みこむって……」

「悲しみ、寂《さび》しさ。恨《うら》みやねたみ、憎《にく》しみ。人の『負』の感情には、渦巻《うずま》くような力がある」

キワさんは身じろぎもせず、膝《ひざ》に両手を置いて、話を聞いていたひよりを見た。

「ひよりは、狐崎《きつねざき》へ来る前、つらくて悲しいことがあったんだろ」

急に話が変わったので、ユイは戸惑《とまど》った。

「そして狐崎に来たら、あの震災《しんさい》だ。心細かったろうし怖《こわ》かっただろう」

ユイはひよりを見たが、その表情からは何も読み取れない。

「ひよりは今、どんなふうに思ってる?」

ひよりは黙《だま》ったまま、何かを考えていた。

狛犬《こまいぬ》たちがひよりを見て、子犬のようにくぅんと鳴いた。

ひよりはその声に促《うなが》されたように、メモ帳を取り出し、シャープペンシルでかわいらしい丸い文字を記した。

『なんでわたしだけ』

『わたしなにもわるいことしてない』

ユイはその文字を見て、泣きそうになった。

ずっと思っていた。自分も。

ひよりは申し訳なさそうにうつむいている。

その気持ちもユイにはよくわかった。

「どうして自分だけがこんな目にあうんだろう」という思いと同時に、「わたしが悪いのかもしれない」「わたしだけじゃない。もっと大変な思いをしている人だっている」という気持ちもいつも抱《かか》えていたのだ、ユイも。だから、自分の境遇《きょうぐう》を恨《うら》む言葉を誰《だれ》かに吐《は》き出《だ》すことができなかった。

「そんな顔しなくていい。誰でも、つらく悲しい目にあえば、どうしてって思うものさ。当たり前のことだ」

キワさんの言葉がユイの心にもしみこんでくる。

「ひよりはそんな思いを吐き出さず、飲みこんでしまった。だから、声を出すことができなくなったのかもしれないね」

顔を上げたひよりを見て、ユイは気づいた。

ひよりのことが気にかかったのは、自分と似ていたからだ。初めて会ったときから、ひよりは押《お》しつぶされそうな何かに耐《た》えているように見えたからだ。

「ひよりだけじゃない。今、ここにはいろんな思いが渦巻《うずま》いている」

キワさんは少し目を伏《ふ》せ、続けた。

「あのとき、ああすればよかった、ああしなければよかったという思い。ここを出ていった人たちと会えない寂《さび》しさ。自分だけが残されたという悲しみ。そんな思いが今、たまりにたまって渦巻いている。アガメが幻《まぼろし》を見せることで、みんな、そんな気持ちを抱《いだ》いてしまう。それを喰《く》らって、アガメは大きくなろうとしているのさ」

さっき目の前に現れた禍々《まがまが》しい赤い目を思い出し、ユイとひよりは身を硬《かた》くした。

「すんぺすんな」

キワさんが優《やさ》しく言った次の瞬間《しゅんかん》、狛犬《こまいぬ》たちが大きく飛び上がった。

その体は天井《てんじょう》をすり抜《ぬ》け、見えなくなった。

「な、何?」

「おや、もしかすると」

キワさんが表へ出たので、ユイとひよりもあわててサンダルをはいてついていった。

――もしかすると、またアガメが現れたのかもしれない。

ユイは目を凝《こ》らし、外を見た。

二匹《ひき》の狛犬はマヨイガの屋根の上に登っていた。

狛犬たちは夜空を見上げている。

いくつかの小さな影《かげ》が落ちてきた。光ってはいないが、流れ星だろうか。

だが、その星々は町のほうへ散っていく。

「やれやれ……」

キワさんは呆《あき》れたように、ため息をついた。

砂の上を二匹《ひき》の狛犬《こまいぬ》たちが走っていく。

そのあとをユイたちは懐中《かいちゅう》電灯を手についていった。

「きっと浜《はま》から見たほうが、どこにいらっしゃるかわかるから」

キワさんがそう言ったので、ユイたちは浜辺《はまべ》に降りてきたのだ。

いらっしゃるのが何かは教えてくれなかったが、ユイにはキワさんが敬語を使ったのが気になった。

——また、ふしぎっと？　でも、不思議だけど偉《えら》いもの？

浜辺から見える町の中に、こんもりと大きな丸い影《かげ》があった。見覚えがあるようなシルエットだが、前からそこにあったものではない。

ユイが照らしてみると、マントのような赤い布が影の一部を覆《おお》っているのが見えた。

「ユイ、明かりを消しておくれ」

いつも通る辻《つじ》にその影は立っていた。ユイがあいさつをする小さなお地蔵様がある場所だ。

その影も、お地蔵様だった。頭には赤い頭巾《ずきん》をかぶっている。

「このたびは、わざわざおいでいただいてありがとうございます」

ユイとひよりはあ然としていたが、キワさんはするすると近づいていって、手を合わせた。

「こちらは盛岡《もりおか》にいらっしゃる田中《たなか》のお地蔵様だよ」

――まさかお地蔵様を紹介《しょうかい》されるとは思わなかった。

ユイとひよりはただただ、大きな体と丸い顔を見上げた。

キワさんは田中のお地蔵様に向き直ると、腰《こし》に手を当てた。

「ですが、あなた様まで出ていらして何とするところです。盛岡のほうで、あなた様がいなくなって騒《さわ》ぎになったりしたらどうなさるんですか」

田中のお地蔵様はちょっと情けない顔になった。

低く響《ひび》くような声がユイの頭の上から聞こえてくる。

「だって、おばあさん。おれだって心配で心配で。来てみないことには気がすまなくて」

「そりゃ心配なのはわかりますよ。でも、あなた様は目立ってしょうがないのだもの」

「わかった、わかった。そんなに怒《おこ》らないでおくれ。今夜は月も出ていないから、そんなに目立たないと思ったんだけどなぁ」

ユイの倍はある背丈《せたけ》の石像が、ユイより背丈の低いキワさんに謝《あやま》っている。しかも、申し訳なさそうに。

「怒っているわけじゃありません。感謝しておりますとも。今夜はほかにも、どこからかいらしてくださってるんでしょうか」

「綱取《つなとり》のやる気地蔵。材木町《ざいもくちょう》の酒買《さけかい》地蔵。八幡平《はちまんたい》と花巻《はなまき》の地蔵。一関《いちのせき》の地蔵に、宮城から一景嶋《いっけいじま》神社の阿角《あづの》、吽角《うんづの》」

「それでは、ほかは小さい方ばかりですね。ほっとしました」

あの流れ星のように見えた影《かげ》が、飛んできたお地蔵様たちだったことに、ユイは気づいた。

それぞれ、町のあちこちに降りたのだろうか。

「でも、おばあさん、もしかすると、目立つ目立たないと言ってる場合ではないかもしれんぞ。雫石川《しずくいしがわ》の河童《かっぱ》がアガメのことを教えてくれてな。見つけ出して、退治しておかないと大変なことになると思ってな」

お地蔵様たちは河童からアガメの話を聞いて、駆《か》けつけたらしい。

「ですが、お地蔵様たちが町をうろついては、みな驚《おどろ》きます。それに、アガメはまだ小さく、見つけ出すのはむずかしいでしょう」

田中のお地蔵様はうーんとうなった。

「おばあさんの言うとおりだな。だが、ほんとうに危ないときは、おれたちみんなで飛んでくるからな。声をかけてくれよ」

「はい、ありがたいことです」

キワさんはまた両手を合わせた。

ひよりも同じようにしたので、ユイもあわてて手のひらを合わせた。

二匹《ひき》の狛犬《こまいぬ》はお地蔵様に向かって、くぅんと鳴いた。

「ではな」

大きな体が宙に飛び上がると、町のあちこちから小さな影《かげ》が集まってきた。

その影は夜空の彼方《かなた》に消えていった。

「さぁ、帰って寝《ね》るかね」

キワさんに言われても、ユイはまだ夜空を見上げていた。

河童《かっぱ》を見たときもそうだったが、今見た出来事がまだ信じられなかった。

それにこの目の前にいるおばあさんは、お地蔵様とも知り合いなのだ。

——ただの、ばあさんさ。わたしには何の力もありゃしない。ちょっと不思議なものたちにご縁《えん》があるだけでね。

前にキワさんはそう言っていたが、ユイもひよりも不思議なものたちと縁を持ってしまった。

それはいいことなのか、悪いことなのか、幸せなことなのか、不幸なことなのか。

家に帰る道をたどりながら、ユイは自分の足元がふわふわしているように感じられた。

4

バス停まで歩いていく途中《とちゅう》、ひよりは青く晴《は》れ渡《わた》った空を見上げた。

昨夜《ゆうべ》のことを思い出すと、笑《え》みがこぼれる。あんな大きなお地蔵様が空を飛んでやってきたなんて。お地蔵様がしゃべったのにはびっくりしたけれど、キワさんに叱《しか》られて、しゅんとなったのはおかしかった。

それに、ひよりとユイが木をどけてやった狛犬《こまいぬ》たちがやってきて、アガメから助けてくれたのにも驚《おどろ》いた。

ふしぎっとたちは、みんな優《やさ》しい。

河童《かっぱ》たちもそうだった。馬淵川《まべちがわ》の河童は、「ゆったりかまえていれば、今に声も出るんだし心配することはねぇんだぞ」と言ってくれた。

マヨイガもひよりたちが心地《ここち》よく過ごせるように、気を配ってくれている。

ひよりにとって、ふしぎっとたちは、人間とは違《ちが》う姿をしているけれど、ちゃんと命と心があるものに思えた。

でも、きっと、キワさんと出会わなければ、ふしぎっとたちの存在に気づかなかったはずだ。そう考えると、誰《だれ》かとめぐり会うことのほうが、よっぽど不思議なのかもしれない。

やってきたバスにひよりが乗ろうとすると、バスの屋根の上に阿吽《あうん》の狛犬《こまいぬ》たちがちょこんと座《すわ》っているのが見えた。ひよりを見守ってくれるつもりだろうか。うれしくてにこっと笑いかけると、狛犬たちの尻尾《しっぽ》が左右に揺《ゆ》れた。

車内に入り、ひよりは玲子《れいこ》の姿を探し、隣《となり》に腰《こし》かけた。

玲子は前を向いたまま、怒《おこ》ったような顔をしている。

何かあったのだろうか。ひよりは不安になった。

『どうしたの?』

書いたメモを見せると、玲子が小さな声で言った。

「香奈《かな》ちゃんから返事がないんだ」

香奈ちゃんというのは、玲子の幼なじみだった。玲子と同じように狐崎《きつねざき》に生まれ育ち、ふたりは小さな頃《ころ》から仲がよかった。

転校してきたばかりの頃、屈託《くったく》なく話しかけてくる玲子の横で、香奈は心配そうにひよりの表情を窺《うかが》っていた。よく気がつく親切な女の子。二ヵ月ほど一緒《いっしょ》に過ごしただけだったが、それが香奈に対する印象だった。香奈は、体育のときに使う学校指定のジャージを、ひよりがまだ買ってもらっていないことを知ると、五つ上のお姉さんが使っていたものを貸してくれた。二年生になったら洗って返そうと思っていたのだけど、香奈は、おとうさんの両親が住んでいる神奈川県というところに引《ひ》っ越《こ》していった。

「向こうの住所が決まったら手紙書くね、って。でも、それから一度も……」

玲子の目が涙《なみだ》でいっぱいになった。

「わたしのこと忘れちゃったのかな」

両手をぎゅっと握《にぎ》って、声を震《ふる》わせながら、玲子は続ける。

「ううん……忘れちゃいたいのかな。わたしのことも、狐崎のことも」

香奈の家があったところは海に近く、あの日、香奈の姉は風邪《かぜ》をひいて学校を休んでいた。おかあさんは仕事を午前中で切り上げ戻《もど》ってきていたと、ひよりは避難所《ひなんじょ》で聞いた。今、香奈の家があったあたりは、瓦礫《がれき》が積み上がったままになっている。

「おかあさんがね、言うの。忘れてしまわないと生きていけないのかもしれないから、わかってあげなさいって」

玲子は声を絞《しぼ》り出《だ》すように言った。

「でも、いるのに。わたし、ここにいるのに」

ひよりはシャープペンシルを握《にぎ》る手にぐっと力をこめて文字を書き、また玲子の前にメモを差し出した。

『わすれてない』

『むこうになれるのにたいへん』

『わたしもそうだから』

ひよりも、香奈と同じように、狐崎に来る前に通っていた小学校の友達に連絡《れんらく》していなかった。小学校に入って初めてできた同級生たち。入学式も運動会も文化祭も一緒《いっしょ》に経験した。

でも……。

だけど、そこには両親もいたので、ひよりは思い出すのがまだ少しつらかった。

『ぜったいにわすれない』

玲子はひよりのメモをじっと見つめた。

「……そう、かな」

ひよりが力強く頷《うなず》くと、玲子は片手で涙《なみだ》を拭《ぬぐ》った。

膝《ひざ》に置かれた玲子のもう片方の手に、ひよりは手を添《そ》えた。

玲子はもう一度頷いて、ひよりの手を握り返した。

学校前の停留所に着くと、玲子は「校門まで競走！」と駆《か》け出《だ》した。

ひよりがバスの屋根を見上げると、狛犬《こまいぬ》たちがまたうれしそうに尻尾《しっぽ》を振《ふ》った。

学校から帰ると、ひよりはリュックの中から笛を取り出した。

玲子のおじいちゃんに貸してもらった笛は、お守りのようにいつも持ち歩いている。

「少し微笑《ほほえ》んで、口の真ん中を開けてごらん。そこから、細くまっすぐ息を出す」

おじいちゃんに教えてもらったとおりにすると、うまく息が吐《は》けた。その息が音に変わる。声を出すことができないひよりにとって、この笛の音《ね》は言葉のかわりのように思えた。最初はぎこちなかった指の動きが、やわらかく正確になると、なめらかに音楽を奏《かな》でられるようになった。

自分で聞いていても心地《ここち》よい。

ウッドデッキに座《すわ》ると、小福《こふく》がすり寄ってきた。

そのアゴをそっとなでてから、ひよりは笛を吹《ふ》き始《はじ》めた。

ゆったりとした旋律《せんりつ》が、途中《とちゅう》、軽快な感じに変わるところがひよりは好きだった。頭の中で、太鼓《たいこ》の音や子供たちが入れる「コーン、コーン」という声を思《おも》い浮《う》かべながら、ひよりは一心に吹いた。

気づくとキワさんが後ろに立って、目を閉じ、聴《き》いていた。

曲が終わり、ひよりが笛を下ろすと、キワさんは感心したように言った。

「うまくなったねぇ」

――玲子ちゃんのおじいちゃんもそう言ってくれるかな。

ひよりは次の稽古《けいこ》が待ち遠しかった。

寝《ね》そべっていた小福が体を起こした。

木戸が開いて、ユイが帰ってきた。

ユイのあとから狛犬《こまいぬ》たちも入ってきた。ひよりがマヨイガに着くのを見届けたあといなくなったので、おそらくユイが帰ってくるのに付《つ》き添《そ》っていたのだろう。

小福は狛犬たちを見ると、毛を逆立て、威嚇《いかく》した。

ひと回り以上も大きい狛犬たちのほうが、小福を怖《こわ》がっている。

ユイはうなだれていて、元気がない。

「何かあったのかい?」

キワさんが心配そうにたずねた。そういえば、バイトが終わるにはまだ少し早い時間だった。

刺《さ》し子《こ》のエプロンもつけたままだ。

重苦しい空気をまとったまま、ユイはひよりたちから少し離《はな》れたところに腰《こし》を下ろした。

「……見たの」

「何をだい?」

「あいつ」

誰《だれ》のことだろうとひよりが思っていると、

「おとうさん」

と、ユイは消え入りそうな声で言った。

ユイが家族の話をしたことは今までに一度もない。住んでいた場所も、ひよりは知らなかった。

「どこで見たんだい?」

「仙田《せんだ》食品さんで……」

ユイが店で棚《たな》の整理をしていると、突然《とつぜん》、父親が入ってきたという。気づかれないように、身を伏《ふ》せながら、ユイは店の奥《おく》に隠《かく》れたらしい。

「わたしのことを探しにきたのかと思って……」

ちらりと見た父親は、かすかに目が血走っていて、恐《おそ》ろしかったという。

智子《ともこ》さんはユイが具合が悪くなったのだと思って、今日はもう上がるように言ってくれたそうだ。

言葉を選びながら、ユイは続けた。

「わたし、逃《に》げてきた。あのままうちにいたら、自分が壊《こわ》れそうで……」

ユイは盛岡《もりおか》の、ずっと北のほうの町に住んでいたという。小学生のときに両親が離婚《りこん》して以来、父親とふたりで暮らしていたそうだ。

父親は周囲には礼儀正《れいぎただ》しい真面目な人と映っていたらしいが、ユイには厳しかった。

「少しでも帰るのが遅《おそ》くなったり、成績が落ちたりすると、すごく怒《おこ》られて……。料理なんか作る時間があったら勉強しなさい。自分の成績くらいわかってるだろう。そんなバカで恥《は》ずかしくないのか。おまえのためなんだ。おまえのために言ってるんだって……」

そう話すユイの声は震《ふる》えていた。

「わたしが黙《だま》ってると、何だ、文句でもあるのか……って。おまえがそんなんだから、かあさんが出ていったんだ。親にここまで言わせるおまえが悪いんだ……」

鋭《するど》い父親の言葉はユイを突《つ》き刺《さ》し、身動きできなくさせたのだろう。

「もうこんなところにいたくない。でも、わたし、まだ高校生だし……。あいつ……おとうさんを、たったひとりの家族を捨てていいの、って。ずっと悩《なや》んで、迷ってたけど決心して、家を出た。でも、その途中《とちゅう》で……」

ひよりは初めて会った頃《ころ》のユイを思い出した。今よりもとげとげしい空気をまとい、誰《だれ》にも心を開こうとしないユイを。

ユイはエプロンの裾《すそ》をぎゅっと摑《つか》んだ。

「わたしも……ずっと思ってた……。どうしてわたしだけって……」

そういえば、この間、ひよりが書いた文字を、ユイはじっと見つめていた。

『なんでわたしだけ』

『わたしなにもわるいことしてない』

ユイもひよりと同じ気持ちを抱《かか》えていたのだ。

ひよりも思っていた。もちろんわがままを言ったり、部屋を片付けなかったり、意地悪な気持ちを抱《いだ》いたりしたことはある。でも、そんなに悪いことなんてしてない。こんなにもつらい思いをするほど。突然《とつぜん》、両親を奪《うば》われる。そんなことが起こらずに一生を終える人のほうが多いのに。

ひよりはユイに近づき、すぐそばに腰《こし》を下ろした。

そしてかすかに震《ふる》えるユイの背中に、頭をもたせかけた。まっすぐなユイの背骨が感じられる。思っていたよりも頼《たよ》りない感じがした。

キワさんが小福の背をなでながら、ぼそりと言った。

「福は大きくなくてもいい。小さな幸福が毎日ここにあればいい。そう思っていたのに、思いもしなかった出来事が現実に起こる。その現実にあらがおうとしても現実に押《お》しつぶされそうになる。押しつぶされて前を向くことすらできないくらい、気持ちがひび割れる。だから、これ以上、砕《くだ》けないように、今は自分を守っていいんだ。無理しなくていいんだよ」

キワさんはユイに近づいて、頬《ほお》にそっと手を当てた。

「言ったろう。アンタはいつも一生懸命《いっしょうけんめい》で、わたしはそこが好きさ」

ひよりもそうだと思った。ユイは自分でバイトを見つけて働き、時には料理も作ってくれて、ひよりのことも心配してくれている。ユイはいつだって精一杯《せいいっぱい》がんばっている。

「すんぺすんな」

何度となく口にした言葉を、キワさんがまた言うと、ユイの表情が少しやわらいだ。

「ユイの家族は、今ここにいるひよりとわたしだろ?」

狛犬《こまいぬ》たちがウッドデッキに飛び乗り、ユイとひよりの両隣《りょうどなり》に座《すわ》った。

ユイは狛犬たちを見て、唇《くちびる》を尖《とが》らせた。

「……ちょっと、足拭《ふ》く前に乗らないで。泥《どろ》だらけになっちゃうじゃない」

小福もやってきて、狛犬たちに低くうなった。

狛犬たちがしょんぼりした顔でまた庭に下りたのがおかしくて、ひよりはつい笑ってしまった。

ユイも仕方ないなぁというような顔になったのを見て、キワさんも微笑《ほほえ》んだ。

マヨイガもブオフォッブオフォッと低い音を立てた。おかしくてたまらない笑い声のようだった。

これが、小さな幸福なのだろうか。ひよりは優《やさ》しい時間の中に自分がいるのを感じた。

キワさんが急に話題を変えた。

「ユイ、仙田食品さん、日曜日はお休みだったろ？」

「え、うん」

「次の日曜日、遠野《とおの》へ行ってみないかい？」

遠野という場所を聞いたことはあったが、ひよりはよく知らなかった。

部屋に戻《もど》って社会科の副教材である地図を見てみると、狐崎の西のほうに地名を見つけることができた。

「え、カッパ淵《ぶち》ってところがあるんだ」

地図を覗《のぞ》きこんできたユイが、以前やってきた河童《かっぱ》たちを思い出したのか、むすっとした表情になった。

「あの河童たちが住んでるとこ？　だから遊びに行くってこと？」

——あの楽しくて陽気な河童たちにまた会えるかもしれない。

ひよりは遠野へ行くのが楽しみになった。

ユイが『犬のおまわりさん』を小さく歌い出した。

表面では不服そうにしていたが、ユイも河童《かっぱ》とのひと時が楽しかったのだろうか。日曜日が楽しみになったが、ひよりは、アガメが現れ、しかも二匹《ひき》に増えていたというのに、キワさんが狐崎を離《はな》れようとしていることが少し気にかかった。

峡谷《きょうこく》の間に流れる川を舟《ふね》がさかのぼっていく。

岩の間に生える緑が陽《ひ》に照らされている。

ひよりは、ユイとキワさんとその舟に乗り、ゆったりと流れる景色を見ていた。

「……遠野までこれで？」

ユイが聞くと、キワさんは「ああ」とにこやかに頷《うなず》いた。

「できるだけ急ぐさ」

川の中から顔を出した小槌川《こづちがわ》の河童が言った。

三人が乗った舟を、この河童が泳ぎながら上流へと押《お》していた。

——サッパ舟《ぶね》でなくて、カッパ舟だ。

今、ひよりたちが乗っているのは、サッパ舟と形は違《ちが》うけれど、音が似ている。

この間やってきた河童の中で一番背が高かった小槌川は、足を大きく動かし、水を蹴《け》る。波紋《はもん》が生まれ、広がる間隔《かんかく》が、前よりも早くなった。

それを見て、キワさんが声をかけた。

「無理しなくていいよ」

「途中《とちゅう》で豊沢川《とよさわがわ》の河童《かっぱ》に交替《こうたい》すっから」

「ええっ、河童のリレー？」

ユイが顔をしかめても、小槌川はのんびりと言った。

「歌でも歌って元気づけてくれよ」

「歌わないってば」

ユイがそう言ったので、ひよりは笛を取り出して吹《ふ》き始《はじ》めた。狐舞《きつねま》いのお囃子《はやし》ではなく、遊びで練習していた曲だった。

「おおっ、豊沢川が歌ってたやつだなぁ」

小槌川はうれしそうに笑った。

途中、舟《ふね》を押《お》す河童が豊沢川、それから猿ヶ石川《さるがいしがわ》に交替した。

小槌川からひよりが『犬のおまわりさん』を笛で吹いたことを聞いて、豊沢川の河童は喜んだ。

「おれも聞きたいなぁ」

ひよりが吹いてやると、豊沢川は片手で舟を押しながら、もう片方の手で太鼓《たいこ》のように頭の皿をポンと叩《たた》き、調子を取る。鼓《つづみ》のような音が笛の合間にはさまれる。

何度も繰《く》り返《かえ》し吹《ふ》いたので、ひよりはすっかり息が上がってしまった。

渓谷《けいこく》を抜《ぬ》けると、広い川原が現れた。

川はどんどん細くなり、うっそうとした茂《しげ》みに覆《おお》われた淵《ふち》に着いた。

ここがカッパ淵なのだろう。きゅうりをつけ、垂らした竿《さお》が置いてある。けれど、本物の河童《かっぱ》がいると信じている人はどれくらいいるのだろうか、とひよりは思った。

ひよりたちが舟《ふね》から降りると、子供のような小さな河童たちが飛び出してきた。

「おばあちゃん」

「久しぶり！」

「みんな、元気だったかい」

「うん！」

キワさんはここの河童たちとも知り合いらしい。

子供の母親らしい河童も姿を現した。

「おばあさん、お元気でした？」

――おばあちゃんはほんとうにふしぎっとたちと仲がいいんだな。

初夏の陽射《ひざ》しに照らされたキワさんが、ひよりにはきらきらして見えた。

河童《かっぱ》の母子に囲まれたキワさんは、あたりを見回しながらたずねた。

「ところでマヨイガはどこに？」

このあたりにもマヨイガがあるということなのだろうか。キワさんは母親らしい河童と話し終えると、畑が見えるほうを指した。

「さぁ、あっちだよ」

歩いていくと、高い支柱に蔓《つる》が巻きついた植物が並ぶ畑があった。蔓の先には緑の毛花がついている。ひよりが見たことのない花だった。

「ホップだよ。夏には毬《まり》のような花になるかねぇ」

「ホップ？」

「ビールの材料になるんだ」

ひよりはおかあさんがコップに注《つ》いでいた黄金色《こがねいろ》の飲み物と白い泡《あわ》を思い出した。ゴクリとのどを鳴らし、おかあさんがいかにもおいしそうに飲んでいたのを覚えている。おとうさんはお酒がまるで飲めなかったので、「そんな苦いもん、よく飲めるなぁ」と顔をしかめていた。おとうさんは甘《あま》いものが大好きだったから。

思い出して、ひよりは自分がちょっとだけ笑っているのに気がついた。おとうさんとおかあさんのことを考えると、胸がきゅっとしていたのに。

畑を抜《ぬ》けると、神社に着いた。

石段をのぼりながら、キワさんは懐《なつ》かしそうにあたりを見回す。

「このあたりは、わたしが子供の頃《ころ》の遊び場だったんだよ」

——遠野はキワさんの故郷だったんだ。

キワさんが行こうと言ってから、ユイが調べてくれたところによると、遠野は『民話のふるさと』と言われているようだった。そういうところで育ったから、キワさんはふしぎっとたちと友達になれたのかもしれない。

「え、じゃあ、ここにもおばあちゃんの家があるの？」

「いや、ほんとうの家はもうずっと前になくなったよ。ひよりと同じくらいの年には、もうどちらの親もいなかった」

キワさんもひよりと同じような身の上だったのだ。だから、避難所《ひなんじょ》で声をかけてくれたのだろうか。ひよりに自分を重ねて。

「それから遠い親戚《しんせき》に預けられて。でも、いつもひとりでねぇ。その頃にふしぎっとたちと出会ったんだ。いつも、ふしぎっとが遊び相手だったよ」

幼いキワさんは、河童《かっぱ》たちと一緒《いっしょ》に泳いだり、歌ったりしたのだろうか。ひっそりと誰《だれ》も知らないところで。ひよりは河童と遊ぶ自分と同い年くらいの女の子を想像した。

「それで、遠野にいたときに、裏山で迷ってたどり着いたんだ」

ユイが怪訝《けげん》そうに聞き返す。

「どこに？」

「どこだろうねぇ。何しろ、山の中をうろうろしている家だからねぇ」

「家が……うろうろ？」

ひよりは足が生えた家を思《おも》い浮《う》かべ、ちょっと微笑《ほほえ》んだ。

三人は裏山に登り、林を抜《ぬ》けていった。

しばらく歩いていくと、キワさんが顔を上げた。

「ああ、いたいた」

深い山の中に建物が見える。家というよりも旅館のようで、和と洋が混じったような趣《おもむき》のある外観をしている。

近づいていくと、風に混じって、美しい鐘《かね》の音《ね》が聞こえた。訪《おとず》れる者を歓迎《かんげい》しているようにも聞こえる。狐崎のマヨイガが上げるうなり声よりも、涼《すず》やかで優雅《ゆうが》だ。

堂々とした立派な門をくぐると、日本庭園の向こうに、玄関《げんかん》があった。

ひよりたちが近づくと、スーッと木戸が開く。

ガタガタと音を立てながら開く狐崎のマヨイガとは違《ちが》う。

中に入ると豪華《ごうか》なロビーが現れた。

座《すわ》り心地《ごこち》のよさそうな布製のソファ。鈍《にぶ》く光った太い柱。天井《てんじょう》からはきらびやかなシャンデリアが吊り下《さ》がっている。

「これが、マヨイガ？　やば……」

桜、梅、百合《ゆり》や鈴蘭《すずらん》といった草花が描《えが》かれた天井を見て、ユイが呟《つぶや》いた。

「ああ、そうだよ。やばいだろう？」

キワさんがいたずらっぽくユイを振《ふ》り返《かえ》った。

ひよりは柱を触《さわ》ってみた。狐崎のマヨイガと同じような感じがする。

キワさんはゆっくりとソファに深く腰《こし》を下ろした。

「このマヨイガは一番古いマヨイガでねぇ。ずいぶんと気が利《き》いてるんだよ」

「マヨイガも年取るとこんなにすごくなんの？」

テーブルの上には、段になったお皿の上にケーキや小さな焼《や》き菓子《がし》が並んでいた。紅茶のポットとティーカップもある。

「アフタヌーンティーだ」

ユイが目を丸くした。

「狐崎のマヨイガは水かお茶くらいしか用意できないのに」

それでも十分すごいことだけど、ユイはマヨイガの力にだいぶ慣れてしまったらしい。ひよりは小さく微笑《ほほえ》んだ。

「気に入ったんなら、ユイとひよりはしばらくここで過ごすといいよ」

「しばらく？　ここで？」

ユイが怪訝《けげん》そうにキワさんを見た。

バイトや学校は休むということだろうか、とひよりもキワさんの言葉の意味を考えた。まだ夏休みには遠い。それにキワさんはどうするのだろう。

お菓子《かし》をつまんでお茶を飲み終えると、キワさんは立ち上がり、奥《おく》の広い座敷《ざしき》へ向かった。

カタンと小さな音がして、座敷の襖《ふすま》が少し開いた。着物を着たおかっぱ頭の子供が顔を見せたかと思うと、さっとひっこんだ。

「あれ、ここに住んでる子がいるの？」

「ああ、あの子は座敷童子《ざしきわらし》だよ」

「ザシキワラシって……」

「よくいたずらをするって言われてるけど、あの子はそんなことはしないよ」

事もなげにキワさんは座敷童子の説明をする。

ユイは小さくうなって、それ以上質問するのをやめた。

座敷《ざしき》を横切り長い廊下《ろうか》に出ると、庭に通じるテラス戸がスーッと開いた。

沓脱《くつぬ》ぎ石の上には、木のサンダルが置いてある。

足を通して前を見たひよりは、呆然《ぼうぜん》とした。

あきらかに人間とは違《ちが》うものたちが集まっている。

「ユイ、ひより、紹介《しょうかい》しようねぇ。あちらが天狗《てんぐ》さん」

大きな翼《つばさ》を持ち、赤い顔をして鼻が突《つ》き出《で》たものたちを指して、キワさんが言った。

天狗の隣《となり》には髪《かみ》の毛《け》もひげもぼうぼうに伸《の》びた男と、頭から小さなツノが出た女が並んで立っている。

「山男に山女、向こうにいるのが雪女」

さらさらとした長い髪に透《す》き通《とお》るような肌《はだ》、白い着物姿の女もいた。

頭から布をすっぽりかぶった木彫《きぼ》りの馬がいななく。

「あれはオシラサマ。農業や蚕《かいこ》の神様で、家の守り神とも言われているんだよ」

隣には同じように布を幾重《いくえ》にもかぶった、女の人が寄《よ》り添《そ》っていた。

ひよりはオシラサマの言い伝えを、絵本で読んだことがあった。

昔、ある農家の娘《むすめ》が、家の飼い馬と仲良くなり、夫婦《ふうふ》になった。娘の父親は怒《おこ》って、馬の首をはねてしまった。娘は馬の首に飛び乗ると、そのまま一緒《いっしょ》に空へ昇《のぼ》ったという。

娘《むすめ》の父親が泣き悔《く》やんでいると、ある日、夢にその娘と馬が出てきたという。自分たちの仲を認めてほしいと思ったのだろう。どちらも婚礼《こんれい》の衣装《いしょう》を着ていた。「おとう、親不孝な娘でごめんなぁ……」と娘が言うと、父親も泣いて謝《あやま》った。それ以来、父親は娘と馬の像を彫《ほ》り、お供え物をするようになった。その前で迷い事を口にすると、顔がどちらかへ向いて、進むべき道を知らせてくれる。それで、いつしか「お知らせ様」と呼ばれるようになり、それが「オシラサマ」となり、今に伝わっていると書いてあった。

奥《おく》にも不思議な形をしたものたちが大勢見えた。

「雪だるまみたいなのは青森のサダ。取《と》り憑《つ》かれると鼻水が出ると言われているけど、そんなことはないよ」

ずんぐりむっくりした丸いサダが短い手を振《ふ》った。

「大きな柿《かき》みたいなのは宮城のタンタンコロリン。古い柿の木の精霊《せいれい》だ。頭のてっぺんにツノが一本生えてるのは秋田のアマンジャク。人の声を真似《まね》るのが得意さ」

紹介《しょうかい》されたふしぎっとたちはぺこりとお辞儀《じぎ》をするが、ひよりにはあいさつを返す余裕《よゆう》がない。ユイはなおさらだ。

「真っ赤な鉄の鍋《なべ》みたいなのが山形のナベオロシ。日暮れになると子供をさらうと言われているけど、ほんとうは暗くならないうちに帰れって注意してるんだよ。口がラッパのようになっているのが、福島のオンボノヤス。山の中で出会った人間に霧《きり》を吹《ふ》きかけて道に迷わせると言われているけど、逆さ。霧を吸って、晴らしてやっているんだよ」

ひよりは集まったふしぎっとたちを見回した。みんな、少しばかり恥《は》ずかしそうにしている。人前に出るのがちょっと苦手なんです、と言わんばかりに。

ひよりたちが立《た》ち尽《つ》くしていると、猿ヶ石川の河童《かっぱ》が庭に入ってきた。河童もふしぎっとなのだが、見慣れた顔が現れ、ひよりはほっとした。

「おお、みんな集まってるな」

「東北中のふしぎっとたちが心配してやってきたのか」

キワさんの表情が少し硬《かた》くなった。

ふしぎっとたちが心配なのは、アガメのことなのだろう。お地蔵様が様子を見にきたのと同じように。そう考えると、ひよりの顔もこわばった。

「ありがとうございます。もし、大変なことになったら、何かお願いすることもあるかもしれません。こうして駆《か》けつけてくださるとは、遠野に帰ってきた甲斐《かい》がありました」

天狗《てんぐ》が言った。

「いやいや、おれたちもおばあさんの顔を見て、少し安心した」

「おばあさんが何とかしてくれるとは思いますけど、どうかご無理なさらず」

そう雪女が口を開くと、ひんやりとした空気も一緒《いっしょ》に吐《は》き出《だ》されてくる。

大きな柿《かき》の形をしたタンタンコロリンが橙色《だいだいいろ》の体を揺《ゆ》らしながら言う。

「魔《ま》を祓《はら》うのは人間にしかでぎね」

「魔っちゅうのは、人間さ悪さすたり惑《まど》わすたりするもんだはんでな」

大きな雪だるまのようなサダがそう言って、白い体を震《ふる》わせた。

ラッパのような口でオンボノヤスもしゃべる。

「大事《おおごと》になったら遠慮《えんりょ》なぐおらだぢを頼《たよ》ってな」

同じ気持ちなのか、ナベオロシはカンカンと自分の体を叩《たた》いた。

「はい、心強いかぎりです」

キワさんが集まったふしぎっとたちにお辞儀《じぎ》をしたので、ひよりもあわてて頭を下げた。反射的にユイも同じようにしている。

頭を上げたひよりが正面を向くと、もうそこに集まったふしぎっとたちの姿はなかった。

「ふしぎっとたちは、ふしぎっとと通じた人間の前以外にあまり姿を現すことはない。心配しているよと告げるだけで、戻《もど》っていったんだ」

キワさんは目の端《はし》をふっとゆるめた。

「みんな、ものすごい力があるというわけではない。不思議な生き物というだけで、それぞれちょっと変わったことができたりするだけだ。それでも、何だか守られているような気がするねぇ」

ひよりたちは、さっきまでふしぎっとたちがいた庭を見回した。もうそこに不思議なものたちはいない。でも、気づかなかったけれど、ひよりたちを思ってくれている何かがいるのだということは、心に残った。

日が暮れると遠野のマヨイガが、テラスにバーベキューの用意をしてくれた。串《くし》に刺《さ》した肉や野菜が香《こう》ばしいにおいをさせ、焼けていく。お腹《なか》はすいていたが、ひよりもユイもあまり食べられなかった。

夕食が終わると、さっきの座敷童子《ざしきわらし》がテラス戸から顔を覗《のぞ》かせた。

キワさんがひよりに花火を差し出した。

小さな火花がパチパチと弾《はじ》ける。座敷童子は近づくことなく、同じ場所からその光を楽しそうに見つめている。

花火に加わることなく、ぼんやりとしていたユイにキワさんが問いかけた。

「ユイはこの先、どうするんだい?」

「え?」

ひよりはジリジリと玉になっていく花火から、戸惑《とまど》っているユイに目を移した。

「将来だよ。何かやりたいことはないのかい？」

「……考えたことない」

「興味あること、やってて楽しいこと、好きなこと。何かあるだろう？」

重ねて聞かれて、ユイは戸惑《とまど》っている。

「わからない。だって、わたし、ずっと迷路《めいろ》の中を歩いているような気持ちだったから。うまく抜《ぬ》け出《だ》せても、その先に進むのが何だか……」

目を伏《ふ》せたユイにキワさんが言った。

「怖《こわ》がらなくていい、怯《おび》えなくていいんだよ」

そして何度も聞いた言葉をキワさんは口にした。

「すんぺすんな」

ひよりはキワさんのこの口調が好きだった。ほんとうに何も心配はいらないように思える。

「まぁ、考えてごらん。いっぱい考えて、迷ってごらん。そうすればどこかにたどり着くかもしれないよ。マヨイガにたどり着いたようにね」

ユイはキワさんの言葉に目を見開いた。

ひよりもぽとりと地面に落ちる小さな光の玉を見ながら、キワさんの言葉をかみしめた。

花火が消え暗くなった庭で、キワさんは声を落として続けた。

「そうやって自分にできることをやるんだ」

ユイではなく、自分にも言い聞かせているように、ひよりには思えた。

「みんな、自分にできることをやるしかないのさ」

くぐもった声が花火が消えた庭に溶《と》けていった。


座敷童子《ざしきわらし》がひょこひょこと階段をのぼり、ひよりとユイを二階にある洋間に案内してくれた。

「ありが……」

ユイがお礼を言う間もなく、座敷童子はさっと消えてしまう。

ドアを開けると、金地の入った壁紙《かべがみ》が目に入った。天蓋《てんがい》つきのベッドには白いレースのカーテンがかかっていて、小花を散らしたカバーがかかっている。室内にはひとり掛《が》けのソファや、つやのある重厚《じゅうこう》な本棚《ほんだな》や机も置いてあった。

「へー、こんな部屋に泊《と》まれるんだ。やっぱ狐崎のマヨイガよりデラックスだね」

たしかに天井《てんじょう》は高く、窓も大きく、まるで絵本に出てきたお城の一室のようだった。でも、落ち着かない心地《ここち》がして、ひよりは座《すわ》ったソファから少し腰《こし》を浮《う》かした。垂れ下がった厚いカーテンの隙間《すきま》の向こうに闇《やみ》が見える。

「おばあちゃん、ふたりでしばらくここで過ごしたらって言ってたけど」

反応を示さないひよりを、ユイが心配そうに覗《のぞ》きこんだ。

「ここ、いやなの?」

ひよりは口を真一文字に結んだまま、首を横に振《ふ》った。

「もしかして、帰りたいの? あの家に?」

そうだ。狐崎のマヨイガは今の自分たちの『家』なのだ。ここはとても豪華《ごうか》なところだけれど、家とは違《ちが》う。そう気づいて、ひよりは顔を上げ、頷《うなず》いた。

「そっか。そうだよね。あそこがひよりとわたしとおばあちゃんの家だもんね」

おそらくユイもひよりと同じように感じていたのだろう。たどり着いたあの場所は、暮らしているうちにとても落ち着く家になっていたのだと。

「それにアガメのことも気になるし。ふしぎっとたち、『おばあさんが何とかしてくれると思う』とか、『魔《ま》を祓《はら》うのは人間にしかできぎね』って言ってたよね」

ひよりも気にかかっていた。何とかって、何をするんだろう。考えると、胸がざわざわする。

「おばあちゃんはたぶん明日、帰るんだよね。わたしたちも一緒《いっしょ》に戻《もど》るって言おう」

ユイがそう言うと、ひよりは神妙《しんみょう》な顔で頷いた。

ユイは、ソファの上にあったクッションを掴《つか》むと、ひよりに向かって投げた。ユイを見ると口元が笑っている。ひよりは両手で受け止め、投げ返した。ユイは素早《すばや》くかわして、楽しそうな声を上げ、ベッドに飛び乗った。薄《うす》く開いたドアの間から、座敷童子《ざしきわらし》が面白《おもしろ》そうにふたりを見ていた。

すっかり疲《つか》れてベッドに入ったひよりの耳に、小さくコーン、コーンという声が聞こえた。

ああ、これは夢だ。狐舞《きつねま》いの稽古《けいこ》をしている夢を見ているんだと思いながら、ひよりは深い眠《ねむ》りに落ちていった。


カランカランと鐘《かね》の音《ね》が聞こえ、ひよりは目を覚ました。

顔を洗って、一階へ降りていくと、座敷童子がひょこっと顔を出し、テラスへと案内してくれた。

パラソルが差された白いテーブルの上には、ふたり分の朝食が用意されていた。

たぶん、ユイとひよりの分だ。

――おばあちゃんは？

いやな予感がして、ひよりは庭から正面玄関《げんかん》のほうへ回った。

見回しても、キワさんの姿はない。

門から正面玄関の前まで小さな足跡《あしあと》がかすかについていた。

猫《ねこ》だろうか、犬だろうか。

ひよりは昨夜《ゆうべ》、コーン、コーンと声が聞こえたことを思い出した。あれは夢じゃなくて、マヨイガに入りこんだ本物の狐《きつね》だったのだろうか。

玄関《げんかん》からロビーに入ると、ユイがいた。起きたばかりなのだろう。着替《きが》えてはいるが髪《かみ》がボサボサだ。

「部屋にいないから、どこへ行ったのかと思って」

ユイはひよりの姿を確認《かくにん》すると、安心したような顔になった。

「おばあちゃんは？」

ひよりは首を横に振《ふ》った。

「まだ、部屋？　どの部屋に泊《と》まったんだろ」

座敷童子《ざしきわらし》がまた顔を覗《のぞ》かせた。

「ねぇ、おばあちゃんは？」

小さな指で座敷童子は表を差す。

「外？」

ユイの質問に、ひよりはまた首を横に振った。

「まさか……帰った？」

座敷童子が小さく頷《うなず》いた。

「どうして……」

ユイは玄関《げんかん》を飛び出し、門まで走っていった。

ひよりもなぜ、と思いながら、そのあとを追いかけた。

重々しい木の門には内側からかんぬきがかかっている。ユイが両手で木の板をずらそうとするが、動かない。

「開けて！」

ユイが振《ふ》り返《かえ》って叫《さけ》ぶと、マヨイガがゴオオオオ……とうなった。優雅《ゆうが》な鐘《かね》の音《ね》ではないことに、ひよりは驚《おどろ》いた。

「何でよ！　開けてよ！」

ひよりもかんぬきを外そうとしたが、びくともしない。マヨイガはユイとひよりを外へ出すまいとしているのだ。

「ひとりで帰って、おばあちゃん、何をする気なの……」

不安な面持《おももち》ちをしたユイがひよりを見た。

何をするのかはわからない。けれど、キワさんはひとりで魔《ま》を祓《はら》おうとしているのだとひよりは思った。

——「そうやって自分にできることをやるんだ」

――「みんな、自分にできることをやるしかないのさ」

キワさんが昨日、口にした言葉の意味が、ひよりにもわかった。

二匹《ひき》のアガメにはさまれたことを思い出して、ひよりは小さく身を震《ふる》わせた。

「ここへ来る前……、わたし、おとうさんの話をしたよね。だから、おばあちゃん、心配になったのかな。わたしも幻《まぼろし》を見せられるのかも、って。アガメに負の感情を吸い取られるのかもって。だから、ここに」

アガメが吸いこみたくなるような悲しい気持ちや苦しい思いを抱《かか》えているのは、ひよりも同じだった。

禍々《まがまが》しい赤い目をしたアガメ。その目で人に幻を見せるという魔物《まもの》。そして、人間の負の感情を吸い取って、飲みこみ、増えるという恐《おそ》ろしい生き物。

キワさんはひよりとユイを巻きこまないように、この遠野に残していった。

ユイがまたかんぬきを動かし始めた。

「帰らなきゃ。行かなきゃ。だって、おばあちゃんが……おばあちゃんが……！」

ガンガンと金具を叩《たた》くユイは泣きそうな顔をしている。

「わたし、何にもできないけど、何の力もないけど……でも、一緒《いっしょ》にいなきゃ。わたしたち、家族なんだから！」

ユイの言葉を聞いて、ひよりは目を見開いた。

──「ユイの家族は今ここにいるひよりと、わたしだろ?」

あのキワさんの問いかけの答えを、ユイは今、口にしたのだ。

家を出てきたユイと、両親を亡《な》くしたひよりと、ふしぎっとだけが遊び相手だったキワさん。

まるっきり他人の、知り合ったばかりの三人。

家族と言っていいのかわからない。でも、三人とも帰る場所は同じだ。帰りたい家はあそこだ。あの狐崎にあるマヨイガだ。

ひよりは堂々と建つ遠野のマヨイガを振《ふ》り返《かえ》り、仰《あお》ぎ見《み》た。

──開けて。

声にはならなかった。

──帰らせて。

やはり音を発することはできなかった。

が、カランカランと鐘《かね》の音《ね》が聞こえ、かんぬきがスーッと抜《ぬ》けていった。

二階の窓が開いて、ひよりとユイが持ってきた荷物が飛んできた。

「ありがとう!」

ユイが叫《さけ》ぶと、遠野のマヨイガはまた鐘の音を響《ひび》かせた。

心の声がマヨイガに届いたのだろうかと思いながら、ひよりはリュックを背負った。

バッグを肩《かた》にかけながら、ユイが聞いた。

「遠野の駅まで走れる？　電車で帰ろう」

ひよりはしっかりと頷《うなず》いた。

5

遠野《とおの》のマヨイガまで歩いてきた道を、ユイはひよりと走っていった。

朝の陽《ひ》に照らされた風景は昨日と同じだ。でも、今はあたりを見回す余裕《よゆう》はなかった。

しばらくすると、ひよりの息が上がっていることにユイは気づいた。

自分のペースで駆《か》けていたことを、ユイは申し訳なく思い、立ち止まった。

「ごめん。大丈夫《だいじょうぶ》？」

ひよりは小さな肩《かた》を上下させている。

少し休もうと思っていると、影《かげ》が差した。

見上げると、大きな鳥が二羽《わ》飛んでいた。空気を切り裂《さ》くように、急降下してくる。

近づいてくると、それが天狗《てんぐ》であることがわかった。昨日、遠野のマヨイガで会った天狗たちだ。

「急ぐのか？」

「摑《つか》まれ！」

天狗《てんぐ》たちはユイとひよりに両手を差《さ》し伸《の》べた。

――いや、摑まれってどういうこと？

ユイがためらっていると、天狗が叫《さけ》んだ。

「両手を上げろ！」

反射的にユイもひよりも両方の手を空に向かって伸ばした。

天狗はふたりの胴体《どうたい》を背後から両手でしっかりと抱《かか》え、持ち上げる。

ユイもひよりも宙に浮《う》かんだ。地面がどんどん遠ざかっていく。

家々の屋根や畑が小さくなっていく。

「え、ちょっと！」

「大丈夫《だいじょうぶ》だ。蓑《みの》をかぶってきたからな。人間に姿は見えんぞ」

「そういうことじゃなくて！」

足をジタバタさせたせいでユイは空中で上下に揺《ゆ》れた。遊園地のアトラクションに乗っている
ようだが、それよりはるかに怖《こわ》い。

「狐崎《きつねざき》までだな？」

天狗はわかったと言わんばかりにユイの体を抱えたまま、さらに上昇《じょうしょう》する。

「いや、駅で！　遠野の駅でいいから！」

「飛べるぞ」

天狗《てんぐ》は真顔でユイを見た。

いくら急いでいるといっても、さすがにこの体勢で狐崎まで飛ぶのは勘弁《かんべん》してほしい。

ユイは必死に叫《さけ》んだ。

「電車で！　電車で帰るからー！」

「なるほど、わかった！」

ちょうど駅に白と緑の車両が滑《すべ》りこんできたのが上から見えた。


遠野を出発し、電車を乗《の》り継《つ》ぎ、ユイとひよりは狐崎の駅まで戻《もど》ってきた。

二ヵ月ほど前、初めて駅前を通ったことをユイは思い出した。壊《こわ》れたままになっていた狐《きつね》の像も、『狐崎にようこ』までしか読めない看板もすでに撤去《てっきょ》されていた。そのかわり、プランターに植えられた花が置いてあった。赤、ピンク、オレンジ。楕円《だえん》の小さな花弁をつけている。『百日草』と書かれた札が差してあった。

ひよりが不安そうな顔をして薄曇《うすぐも》りの空を見た。

渦《うず》を巻いた雲がわきあがっていた。竜巻《たつまき》のようにも見えるが、中心がかすかに赤くなっている。渦《うず》の中心が目のようにも見えた。

「何なの、あれ……」

あの赤い色はどこかで見たことがある……。そう思った次の瞬間《しゅんかん》、ユイはまぶたの裏が赤く染まったように感じた。

驚《おどろ》いてまばたきすると、目の前にあいつの姿が見えた。

「探したぞ、ゆりえ」

「おとうさん……」

ユイの父はゆっくりと近づいてくる。全身がこわばり、ユイの手の先が突《つ》っ張《ぱ》ったようになった。

ひよりが心配そうにユイを見ている姿が、目の端《はし》に入った。

「どうして急に出ていったんだ。何かあったならおとうさんに言えばよかったろう」

口元は微笑《ほほえ》んでいるが、目は笑ってはいない。口調はやわらかいが、声には威圧感《いあつかん》がある。目の前にいるのは、間違《まちが》いなくユイの父親だった。

離《はな》れたいと思っても、ユイの足は動かなかった。

「何で黙《だま》っている?」

見慣れた父の表情。唇《くちびる》が歪《ゆが》み、端が少し上がっている。こうした顔をしたあと、父はいつも激しい言葉を浴びせかけてきた。

動けない。体じゅうがしびれる。そして、ピンで刺《さ》された虫のようになってしまう。考えられなくなる。自分の言葉にも存在にも価値がないのだと思ってしまう。

ユイが答えないでいると、父はアゴを上げ、怒鳴《どな》った。

「どうして答えない!」

言葉がユイの胸に食いこんでくる。心臓の鼓動《こどう》が速くなる。もう立ってはいられない。

ユイはしゃがみこみ、自分の顔を両手で覆《おお》った。

「帰るぞ」

頭の上から苛立《いらだ》った声が降ってくる。

「帰るぞ!」

骨張った腕《うで》が伸《の》ばされたのが見え、ユイは腕を摑《つか》まれたような気がして、立ち上がった。

——もうだめだ。見つかってしまった。逃《に》げられない。

歩き出した父のあとを、ユイはふらふらと歩き出した。

すると、小さな手のひらがユイの手に触《ふ》れた。

追いかけてきたひよりが、ぐっとユイの手首を摑んだ。

前を歩いていた父が振《ふ》り返《かえ》った。恐《おそ》ろしい形相で、瞳《ひとみ》は異様に赤みがかっている。

「触《さわ》るな。関係ない。おまえは赤の他人だ！」

圧倒《あっとう》されたひよりは、膝《ひざ》をがくがくと震《ふる》わせ、ぺたんとその場に座《すわ》りこんだ。

ひよりから顔をそむけ、ユイは父のあとをまた歩き始めた。

自分の家族はこの父なのだ。自分よりも高い父の背中は、ユイの未来をはばむ壁《かべ》のように見える。どこへ行っても、何をしても、きっと立ちはだかる。

狐崎のマヨイガで、キワさんとひよりと過ごした日々には感じられなかった絶望感がユイを包みこんだ。

あの毎日が遠ざかっていく。

びっくりすることも多かったけど、バイトが終わると、あの家に帰るのが楽しみだった。キワさんの言う小さな福があそこにはあった。

ユイの目に涙《なみだ》があふれた。

「ユイお姉ちゃん！」

背後で聞き覚えのない声が響《ひび》いた。

——ユイはわたしの名前だ。でも、お姉ちゃんって。

「ユイお姉ちゃん！　ユイお姉ちゃん！」

——ひよりだ。ひよりの声だ。

まだ幼さの残る、かわいらしい声。間違《まちが》いない。ひよりが叫《さけ》んでいる。ユイの足が止まった。

振《ふ》り向《む》くと、コンクリートの地面に膝《ひざ》をついたひよりの姿が見えた。

ひよりは立ち上がり、また叫んだ。

「行かないで！　家族だって言ったじゃない！　家族は一緒《いっしょ》にいなきゃ、って言ったじゃない！」

ずっと声を出すことができなかったのに、ひよりは懸命《けんめい》にしゃべっている。

「ユイお姉ちゃん！　あのマヨイガがわたしたちの家でしょう？」

ユイは、茅葺《かやぶ》き屋根のてっぺんに草花が生えたマヨイガを思《おも》い浮《う》かべた。

――わたしたちの家。わたしの家。わたしが帰る家は。

「何をしている。行くぞ」

不機嫌《ふきげん》そうな父の顔と声に体がこわばったが、ユイははっきりと口にした。

「行かない」

『ごめんなさい』と『やめて』しか言えなかった父に、初めて抗《あらが》う言葉だった。ユイを解き放つひとことだった。

父が、言葉で態度で、鎖《くさり》のように自分を縛《しば》っていたことにユイは気づいた。前にいた家で、いつもユイは身を硬《かた》くしていた。

でも、キワさんやひよりと過ごすうちに、いつの間にか固い殻《から》が割れていたのかもしれない。自由に動き回れるようになったのかもしれない。

ユイは今、ひよりが言ったことを思い返した。

お姉ちゃんって。行かないでって。家族だって。

ひよりがそう思ってくれていたことが、ユイはうれしかった。離《はな》れていくユイを引き止めるために、ずっと声が出せなかったひよりが思いを発してくれたのだ。

ユイは父の赤みがかった目をまっすぐに見返した。

「わたし、ここにいる。ここで暮らす。ここで生きてく。ここが、あのマヨイガがわたしの家だから！」

すると、いたはずの父の姿が消えた。

周囲を見回しても、ひよりしかいない。

「ユイお姉ちゃん！」

駆《か》け寄《よ》ってきたひよりがユイに抱《だ》きついた。

ユイもそっとひよりの背中に手を回した。

「ありがとう、ひより」

「ううん」

ひよりの言葉がはっきりと聞き取れる。

「よかった、ひより、声が」

「うん、わたしの声、出た」

ひよりが弾《はじ》けたような笑顔《えがお》を浮《う》かべた。

言いたいことを伝える。そんな当たり前のことが、ひよりはしばらくできないでいた。キワさんが前に言ったように、悲しく苦しい気持ちを全部、飲みこんでしまっていたからなのかもしれない。ユイが父から解き放たれたように、ひよりも今、出口のない思いから抜《ぬ》け出《だ》せたのだ。

ユイの父の姿を思い出したのか、ひよりが体をこわばらせた。

「わたし、怖《こわ》かった」

「わたしも怖かった」

もう一度見回してみても、ユイの父の姿はない。あれは本物の父だったのだろうかとユイはふと疑問に思った。そういえば、異様なほど目が赤かった。仙田《せんだ》食品で見かけた父親も遠くてよくは見えなかったが、目が血走っていたようにも思えた。

吉井《よしい》さんたちがしていた話をユイは思い出した。

――「最近、何かヘンなのよ。昨日の晩からうちの犬がやたら怯《おび》えててね」

――「串焼《くしや》き屋《や》をやってた村田《むらた》さん、玄関《げんかん》に亡《な》くなった奥《おく》さんが出てきたんだって」

――「小宮山《こみやま》さんは遠くへ引《ひ》っ越《こ》したはずの、お隣《となり》さんを見たって」

アガメはその赤い目で人に怖《こわ》い幻《まぼろし》を見せる。アガメの目を見てしまうと、人はありえないものを見てしまう。そうキワさんは話していた。

アガメは人の悲しさや寂《さび》しさ、そして恐怖《きょうふ》が大好物なのだと。

マヨイガの庭と、林の中で見たアガメの赤い目。人の『負』の思いを吸い取るために幻を見せるというアガメ。みんな、見えるはずのないものを見てしまったのだろうか。

――さっきのおとうさんもアガメが見せた幻？　でも、どこにアガメが……。

先ほど上空にあった目のように見えた渦《うず》の中心。そこにも赤い光が発せられていた。どこかで見たことがあると思った、あの赤い色は……。

いやな予感がした。

「ひより、空を見ないで」

ユイが言うと、ひよりは少し考えていたが、しっかりと頷《うなず》いた。

「わかった」

その声に怖《おそ》れはなかった。これから起こるよくないことに立ち向かおうとする決意が感じられた。

ユイはマヨイガに一度戻《もど》り、ひよりを置いてこようと思っていたのだが、一緒《いっしょ》にキワさんを探すことにした。

「行こう」

「うん」

ひよりは迷わず海のほうへと駆《か》け出《だ》した。

ユイも、南の空に見える渦《うず》を巻いた雲の下に、キワさんがいるのだと感じていた。

6

不気味な雲が立ちのぼる浜辺《はまべ》に、キワはひとりやってきた。

――ずいぶんと吸いこんだようだねぇ。

キワは雲を見ないようにしていた。

あの渦《うず》の中心にある赤い光。あれは今はまだ海中にいるアガメが発する目の光だ。見れば、幻《まぼろし》を見てしまう。

今、この町のあちこちで、悲しみや苦しみを思い起こさせる幻を見せられている人たちもいることだろう。

早く魔《ま》を断《た》ち切《き》りたい。

だが、アガメが飲みこんだ人の恐怖《きょうふ》、寂《さび》しさ、悲しみ。その『負』の力が、アガメの中で大きく強くなっているのが、感じられた。

あの雲は邪気《じゃき》だ。アガメが放つ。

四《よん》の窯《かま》から抜《ぬ》け出《だ》したときは、一匹《ぴき》の小さなヘビだったはず。だが、あたりをうろつき這《は》いずり回《まわ》り、好物を口にした。

一匹だったアガメは二匹《ひき》に分かれ、増えていく。そして一斉《いっせい》に海に戻《もど》り、今度はひとつになる。身《み》の丈《たけ》八尺はある大蛇《だいじゃ》に。

小さなアガメたちを探し回り退治するのでは、きりがない。祓《はら》うのは、分かれたアガメが集まり、合体した直後しかないと、キワは考えていた。

自分がこの狐崎《きつねざき》へやってきたのはそのためなのだ。

盛岡《もりおか》にある田中《たなか》のお地蔵様からこう教えてもらったことがあった。

——ふしぎっとと通じるものは、その気配を感じられる。おばあさん、アンタもそうだったろう?

七歳《さい》までにふしぎっとの力を感じとってしまうと、ふしぎっとと通じるものになるという。

キワは遠野《とおの》で過ごした子供時代、自分を取り巻く不思議な命が息づいているのを、いつも感じていた。川にふいに波紋《はもん》ができたとき。藪《やぶ》に影《かげ》が見えたとき。風もないのに空気が動いたとき。何かがいる、とキワは身をすくめていた。

最初に出会ったのは、河童《かっぱ》だった。

夕暮れ、預けられていた親戚《しんせき》の家に帰るのがいやで、ひとりでカッパ淵《ぶち》にたたずんでいたときだった。竿《さお》の先に垂らしてあるきゅうりに赤茶けた手が伸《の》びた。誰《だれ》が仕掛《しか》けているのかキワは知らなかったが、観光用にいつも置いてあるきゅうりだ。しっかりと紐《ひも》が結びつけられているので、少し引っ張ったくらいでは取れない。何度か竿が上下したが、赤茶けた手の主《あるじ》はあきらめて消えた。

次の日、キワは畑になったきゅうりを数本取って、カッパ淵にやってきた。きゅうりを竹ザルに入れ、水面に浮《う》かべた。しばらく待っていても何も起きなかったが、夕暮れが宵闇《よいやみ》に変わる頃《ころ》、ザルが大きく揺《ゆ》れた。昨日と同じ手が水の中から伸びてきて、ザルの中のきゅうりをまさぐった。なかなかうまく摑《つか》めず業《ごう》を煮《に》やしたのか、頭に皿をのせた生き物が顔を出した。河童《かっぱ》だった。

「いだっ！」

思わずキワは声を上げた。『た』が濁《にご》るのが、このあたりの方言だ。

河童はキワに気づくと、あわてて水の中に隠《かく》れた。

「あげようと思って持ってきただ！　持ってけ！」

キワが叫《さけ》ぶと、河童はまたおずおずと水面に顔を出した。いいのかな、というようにキワの顔色を窺《うかが》う。まだつるんとした肌《はだ》の、子供の河童だった。大きく何度もキワが頷《うなず》くと、うれしそうに両手にきゅうりを抱《かか》え、ぺこりと頭を下げた。

「どうも」

キワもうれしくなって言った。

「まだ、持ってくる」

それから、次々に遠野にいるふしぎっとたちに出会った。

遠野のマヨイガに会ったのもこの頃《ころ》だった。会った頃は狐崎のマヨイガよりも小さかったが、訪《おとず》れるたびに立派になっていった。

このマヨイガの庭先には、天狗《てんぐ》やオシラサマや山男、山女たちが来て、よく昔話を聞かせてくれた。「むかしむかしあったずもな」で始まり、「ドントハレ」で終わる昔話は、みんなふしぎっとたちから聞いた話だった。

「人間たちはほんとうのこととは信じていないがな、元はみな実際にあった話だ。まぁ、年月が経《た》つにつれ、話が大げさになったり滑稽《こっけい》になったりしてはいるがな」

天狗は羽団扇《はうちわ》を動かしながら、そう言っていた。

「この団扇だって、これさえあれば、空を飛び、変身することができ、風を吹《ふ》かせたり雨を降らせたりすることができると、人間たちは言う。それに、天狗はこの団扇で火事をあおるともな。だが、これはただの団扇だ。暑いときあおぐだけのことだ」

父も母も早くに亡《な》くしたが、ふしぎっとたちのおかげで寂《さび》しさを感じることなく生きてこられた。何かに守られている。そんな感覚が、キワの心の中にいつもあった。だから何をするのにも、怖《おそ》れたり怯《おび》えたりせず、心配しないで進んでこられたのだ。

中学を出ると、キワは小袖《こそで》海岸で海女《あま》さんの見習いを始めた。河童《かっぱ》に教えてもらっていたので、泳ぐのも潜《もぐ》るのも得意だった。ウニやアワビを見つけるのもうまかった。ケガも病気もすることなく、引退するまでずっと仕事を続けることができた。

これも自分が不思議なものたちと仲良くしてきたおかげだと思い、海女をやめると、東北のあちらこちらをめぐり、各地のふしぎっとたちと知り合いになった。

キワは回った先の、土地神様やお地蔵様、お稲荷《いなり》さんにもお供えをして、手を合わせるようにしていた。

すると、お地蔵様たちが話しかけてくれるようになったのだ。

「うれしいなぁ。ふしぎっとと通じたものは何人もいるが、おばあさんのように、ずっと感謝したり仲良くしてくれる人間はこのあたりにはいないよ」

そう言われ、こうして自分が長いこと、不思議なものたちと通じてきたのには、何か理由があるのではないかと、キワは思うようになった。

盛岡へ行ったとき、キワは田中のお地蔵様にたずねてみた。

——ふしぎっとと通じたものには、時として役目がある。それは魔《ま》を祓《はら》うことだ。魔とは、人の心を惑《まど》わしたり災《わざわ》いをもたらす化け物のことだ。ふしぎっとに通じたものだけが、魔《ま》を見ることができる。魔はそういう人間にしか祓《はら》えない。

そのときには、その意味がキワにはよくわからなかった。

しばらくして、袖《そで》ヶ《が》浦《うら》のお社が被害《ひがい》にあったということを聞き、キワは、遠野で天狗《てんぐ》たちに聞いた昔話を思い出した。

アガメの話だ。昔話の中でも特に恐《おそ》ろしかった話だった。

封印《ふういん》するために建てたお社が壊《こわ》れたせいで、アガメが解き放たれたかもしれない。

そう思って、キワは狐崎を訪《おとず》れたのだ。

そこで、狛犬《こまいぬ》が教えてくれたふたりの女の子と出会った。自分がそうだったのと同じように、孤独《こどく》な子供たちと。

知らん顔をしてはおけなかった。しかも、幼い少女のほうは自分と同じように不思議なものと通じる運命を持っているようだった。

子狐岬《こぎつねみさき》に住むのにうってつけの古い空き家があると、雫石川《しずくいしがわ》の河童《かっぱ》が教えてくれた。長年、誰《だれ》も住んでおらず、マヨイガになっていると。百年経《た》った物や道具には、時たま付喪神《つくもがみ》が宿ると言われているが、マヨイガも同じようなものだ。身寄りのない女三人が住むにはいい家だった。驚《おどろ》かせてしまうだろうが、ふたりとも面白《おもしろ》がってくれそうな気もした。

とはいえ、一緒《いっしょ》に暮らすには、社会的な条件も満たさねばならない。そこは、お地蔵様にお願いをして、特別に便宜《べんぎ》をはかってもらった。感謝はしても、願い事などしたことがなかったキワの頼《たの》みを、お地蔵様は快く聞いてくれた。

ユイとひよりとの暮らしは、キワにとっても楽しいものになった。

ほとんどの年月をひとりで暮らし、家族を持つ機会はなかった。そんなキワに成長期のふたりは新鮮《しんせん》な感動を与《あた》えてくれた。おいしいものを作れば胸のすくような食べ方をして、ほしい物を買ってやればはにかむように喜び、手作りしたものに目を輝《かがや》かせて興味を示す。当たり前のようにしてきたことが、どれほど楽しさに満ちたものであったのかということを、キワはユイとひよりから教えられた。

ただ、アガメを見ることになってしまったのは、申し訳なかった。ユイやひよりにも、叫《さけ》びだしたい思いがあったのに。

それぞれ悲しい思いをしてきたふたり。だが、キワと暮らした短い間に、生きる気力を取《と》り戻《もど》していっているのが感じられた。ああ、若さとは、雨や嵐《あらし》の中でも育っていける力のことだと、キワは思った。

もし——。

自分がいなくなっても、ユイとひよりはもう大丈夫《だいじょうぶ》だろう。

ふたりは助けあいながらやっていけそうだ。

一緒《いっしょ》に暮らすには血のつながり以上に大切なことがあるのだということも、キワはふたりから学んだ。相手の負担にならないような気づかい。気持ちを無視し、ずかずかと踏《ふ》みこんだりしない程度の距離感《きょりかん》。そして何よりもその人の幸せを願う気持ち。

ユイもひよりも繊細《せんさい》な心のひだをちゃんと感じられる子だ。

遠野のマヨイガでふたりが眠《ねむ》りについたあと、庭に子狐《こぎつね》が二匹《ひき》やってきた。口には『マキリ』をくわえていた。

かつて、使われたマキリ。近くの稲荷神社《いなりじんじゃ》に奉納《ほうのう》されていたものを、子狐たちが取ってきてくれたのだ。

持ち手も刃《は》もあまり長さはないその刀は、まったく錆《さ》びついておらず、鈍《にぶ》い灰色の光を放っていた。

キワは、前にユイとひよりに語って聞かせた昔話を口にした。

「マキリは『魔《ま》を斬《き》る』という刀。それで化け物の目を刺《さ》すよう、子狐たちはおじいさんに伝えた」

そのおじいさんがやったことを、今度は自分がやるのだ。

そうしなければ、ここはアガメの住みかになる。みんな出ていってしまう。誰《だれ》もいなくなってしまう。

狐舞《きつねま》いの稽古《けいこ》も始め、残った人たちでこの町を盛り上げようとしているのに。せっかく立ち直ろうとしているのに。決して忘れることのできない苦しみから、悲しみから。

上空の赤い光が消えた。

キワは右手の中のマキリの柄《つか》をぐっと握《にぎ》った。

赤い光は海のほうから浜《はま》に近づいてくる。

沖で水中から上空を睨《にら》んでいたアガメが、正面を向き、移動を始めたのだ。

キワは目を閉じた。

「その目を見んようにして、おじいさんはマキリで刺《さ》したそうな」

アガメの目を見ずに戦うにはこうするしかない。気配は感じられる。あんなに邪気《じゃき》を放っているのだから。

浅瀬《あさせ》で大きな水しぶきが上がった。大蛇《だいじゃ》が頭をもたげたのだ。

そのしぶきはキワにもかかった。白くなった頭髪《とうはつ》、しわのある顔もずぶ濡《ぬ》れになった。

アガメは咆哮《ほうこう》した。

ぴちゃぴちゃと海面のあちこちから水のはねる音がする。

ウロコと化した小さなアガメたちがはがれ落ちたのか。

それともまだ集まりきれていない小さなアガメたちが、本体にくっつこうとしているのか。

たしかめるために、キワは下を向いたまま、薄《うす》く目を開けた。

小さなアガメたちが砂浜《すなはま》を這《は》い、海に向かっていた。

さっきの咆哮《ほうこう》は、あたりにいるはずの小さなアガメを呼ぶ声だったのだろう。

――まだ、大きくなるのか。

ちらと見ると、アガメの胴体《どうたい》が膨《ふく》らんでいた。

八尺どころではない。もっと巨大《きょだい》になっている。

――ああ。

キワは胸が苦しくなった。

アガメが吸いこんだ思いの重さに身をよじらせた。

狐崎の人たちは、アガメをあんなに巨大にするほどの、悲しみ、苦しみ、叫《さけ》びだしたい思いを抱《かか》えていたのだ。

だが、マキリにも大きな力があるはずだ。手にした自分には、年寄りとは思えないほどの活力がみなぎっている。これは、ふしぎっとと通じている以外は特別な能力のない自分にも力を与《あた》える刀なのだ。

――魔《ま》を、斬《き》る。

キワは再び目を閉じ、アガメに突進《とっしん》した。

体が軽い。キワは大きく飛び上がった。

両手でマキリを握《にぎ》り、アガメの胴体《どうたい》へと振《ふ》り下《お》ろす。

ざくりと何かを刺《さ》す感触《かんしょく》が伝わってきた。

アガメは苦しげな声を上げる。

その声だけでなく、息までもがぐっと近づいてきたのを感じ、キワは浜辺《はまべ》に降りた。

後ろ向きになり、キワはカッと開けた口を近づけてくるアガメから逃《のが》れた。

アガメは胴体で海面を叩《たた》き、のたうち回っている。

——大きくなりすぎたな。動きが重い。

これなら倒《たお》せると、キワは自分を奮いたたせた。

もう一度、とマキリをかまえた次の瞬間《しゅんかん》、衝撃《しょうげき》がキワを襲《おそ》った。

キワの体ははね飛ばされ、砂浜《すなはま》に落ちた。立ち上がれない。動くことができない。

しかも、マキリは刃《は》が割れ落ち、三分の一ほどになっていた。

アガメが頭を動かす。

——食われる！

しかし、アガメは倒れたキワに見向きもせず、ずりずりと体を引きずりながら砂浜に上がった。

新たに集まってきた小さなアガメが、本体に群がった。それは集まり、翼《つばさ》のようになった。両翼《りょうよく》を得たアガメは空を見た。ゆっくりとウロコが重なったような羽を動かす。

風が起き、砂が舞《ま》い、アガメの体が宙に浮《う》いた。

アガメは上空に浮かび上がった。

――昔話の、その先が始まった。

キワが聞いた昔話は、アガメがおじいさんに浜辺《はまべ》で倒《たお》され、小さくなり、封印《ふういん》されたところで終わっている。だから、キワはアガメが竜《りゅう》のように空を飛べるようになるとまでは知らなかった。

アガメは全身から灰色の雲のような邪気《じゃき》を発しながら、町を見下ろした。

両の目から赤い光が放たれる。

倒れたまま、キワは手で自分の目を覆《おお》った。

すべての町の人たちがあの禍々《まがまが》しい赤い光に気づくだろう。そして、幻《まぼろし》を見て、辛《つら》い思いを抱《かか》えながらここからいなくなってしまう。

折れたマキリを見て、キワは呟《つぶや》いた。

「マキリではもう……」

自分だけでは無理だ。お地蔵様やふしぎっとたちに助けを求めよう。

そう思い、砂だらけの体で立ち上がったとき、ユイの声が聞こえた。

「おばあちゃん！」

遠野のマヨイガにいるはずのユイと、隣《となり》にはひよりが堤防《ていぼう》の向こうに立っていた。

「おばあちゃん！」

その声を発したのが誰《だれ》なのか、キワは一瞬《いっしゅん》わからなかった。

「大丈夫《だいじょうぶ》⁉」

叫《さけ》んだのはひよりだった。

「ひより、声が……」

いつ出るようになったのだろう。かわいらしいが芯《しん》の強い声だ。

ユイとひよりが駆《か》けてくる。

その後ろから、狐崎のマヨイガの留守番を頼《たの》んでいた阿吽《あうん》の狛犬《こまいぬ》も走ってきた。

狛犬は浜辺《はまべ》に降りると、牛ほどの大きさに体を変化させた。犬というより、その姿は獅子《しし》だ。

「大きくなった！」

ユイが自分の膝《ひざ》くらいまでしかなかった狛犬の頭が、胸まで来ているのを見て、驚《おどろ》いた。

「おばあさん、助けは」

「おれたちが呼んだ！」

阿《あ》と吽《うん》が続けてしゃべった。

「え、アンタたちも声が！」

ユイは目を丸くしている。

空が光った。

舞《ま》い上《あ》がったアガメが発した邪気《じゃき》が稲光《いなびかり》を発していた。

アガメは悠々《ゆうゆう》と翼《つばさ》を羽ばたかせて、宙で静止している。

ユイとひよりが上空を見たので、キワはあわてて制した。

「アガメの目を見てはだめだ！」

「わかってる」

その低く硬《かた》い声音《こわね》から、ユイはすでに幻《まぼろし》を見たのだと、キワにはわかった。

「おばあちゃん、あれ……」

ひよりが指差した。

キワは手のひらで赤い光をさえぎりながら、灰色の空を見上げた。

いくつもの黒い影《かげ》が流れてくる。

それが何であるのか、キワにはすぐわかった。

アガメも飛んできた影《かげ》に気づいた。

脅《おど》すように咆哮《ほうこう》したが、影たちは空中でアガメを取り囲んだ。

しかし、この前、狐崎にやってきたものより数が多い。影が近づいてきて、丸みを帯びたシルエットがはっきりと確認《かくにん》できるようになった。

「お地蔵様……」

ひよりが口にしたとおり、飛んできたのはお地蔵様たちだった。

先頭を飛んでいるのは、ひときわ大きな盛岡の田中のお地蔵様。

続いて、綱取《つなとり》のやる気地蔵。材木町《ざいもくちょう》の酒買《さけかい》地蔵。八幡平《はちまんたい》と花巻《はなまき》の地蔵。一関《いちのせき》の地蔵に、宮城の一景嶋《いっけいじま》神社の阿角《あづの》、吽角《うんづの》。ほかにもおびただしい数のお地蔵様がいる。キワが見たことのないお地蔵様もいた。

——「ほんとうに危ないときは、おれたちみんなで飛んでくるからな。声をかけてくれよ」

田中のお地蔵様たちは、その言葉通り、みんなでやってきてくれたのだ。

さらに、もう一群、空に現れた。

長い突《つ》き出《で》た鼻と翼《つばさ》で、ユイにもひよりにもそれが天狗《てんぐ》であることがわかった。

遠野のマヨイガで出会ったほかのふしぎっとたちもいる。

大きな柿《かき》の形をした宮城のタンタンコロリン。ツノが一本生えた秋田のアマンジャク。真っ赤な鉄鍋《てつなべ》のような山形のナベオロシ。ラッパのような口をした福島のオンボノヤス。飛べないふしぎっとは、ユイとひよりが天狗《てんぐ》にしてもらったように、胴体《どうたい》を抱《かか》えられたり、担《かつ》ぎ上《あ》げられたりして飛んでいる。

お地蔵様とふしぎっとたちは、宙でアガメを取り囲んだ。

「おばあさん！」

浜辺《はまべ》には声をかけた馬淵川《まべちがわ》をはじめ、大勢の河童《かっぱ》たちがやってきた。

オシラサマ、山女、山男、雪女たちもいる。

河童たちはおそらくオシラサマたちを舟《ふね》に乗せ、川を下ってきたのだろう。

上空から田中のお地蔵様が飛びおりてきた。着地すると、地響《じひび》きが鳴り、浜《はま》がかすかに震動《しんどう》した。

「おばあさん、マキリは」

田中のお地蔵様に聞かれ、キワは折れたマキリを見せた。

「マキリも効かんかったか……」

杖《つえ》を突《つ》いた猿ヶ石川《さるがいしがわ》の河童がうなった。

「じゃあ、どうすればいいんだ？」

「どうやってアガメを倒《たお》す？」

「しかもあんなにでっかくなって、空まで飛んだ……」

河童《かっぱ》たちまでもが不安そうな顔になった。

田中のお地蔵様も考えこんでいる。

「人間に取《と》り憑《つ》いた魔《ま》は、人間にしか祓《はら》えない……」

遠野で、柿《かき》の形をしたタンタンコロリンも言っていた。

——「魔を祓うのは人間にしかでぎね」

雪だるまのようなサダも。

——「魔っちゅうのは、人間さ悪さすたり惑《まど》わすたりするもんだはんでな」

あのアガメを倒《たお》せるのは、お地蔵様でもふしぎっとでもない。

——でも、どうやって？

みなが考えこんだとき、ユイがキワを見た。

「おばあちゃん、前に言ってたよね？」

「何をだい？」

「昔話。『人々は化け物をおびき出し、お神楽《かぐら》を鳴らし、破魔矢《はまや》を手に踊《おど》った』って」

キワは語って聞かせた話をユイがしっかり覚えていたことに驚《おどろ》いた。

ひよりも口を開いた。

「うん、おばあちゃん、『お神楽《かぐら》も破魔矢《はまや》も魔物《まもの》を弱らせる力があるんだろう』って」

「蕎麦屋《そばや》のお兄さんも言ってた。破魔矢は、破魔弓《はまゆみ》で射ることによって、魔《ま》が発する妖気《ようき》を破って浄化《じょうか》する、って」

猿ヶ石川の河童《かっぱ》が、手にした杖《つえ》でトンと砂浜《すなはま》を突《つ》いた。

「それだ。神楽を鳴らし、破魔矢でアガメの目を射る」

「矢だけで、あんなでっかいやつ倒《たお》せるのか？」

大きな背を屈《かが》め、小槌川《こづちがわ》の河童が首を捻《ひね》った。

田中のお地蔵様は両手を合わせて言った。

「倒せるよう、破魔矢におれたちの祈《いの》りをこめよう」

「でも、誰《だれ》が破魔弓でもって破魔矢を射るんだ？」

でっぷりした腹を揺《ゆ》すりながら、豊沢川《とよさわがわ》がそこにいる一同を見渡《みわた》した。

キワが自分がやると言おうとする前に、ユイが前に出た。

「わたしが」

ユイの唇《くちびる》はかすかに震《ふる》えていたが、顔には静かな決意がみなぎっていた。

「狐舞《きつねま》いの稽古《けいこ》で、破魔矢と破魔弓の踊《おど》りを習ったから。ほんとうに射ったことはないけど、扱《あつか》い方《かた》はわかる」

田中のお地蔵様がユイを見下ろし、頷《うなず》いた。

「では、神楽《かぐら》はどうする?」

ためらいつつ、ひよりが手を上げた。

「おお、そういえば笛がうまかったな」

豊沢川は遠野のマヨイガに向かう舟《ふね》の上で、ひよりが『犬のおまわりさん』を何度も吹《ふ》いていたのを思い出したらしい。

「今、破魔矢《はまや》と破魔弓《はまゆみ》、笛はどこに?」

「笛はここに」

ひよりが担《かつ》いでいたリュックから笛を取り出した。

「破魔矢と弓は巻尾《まきお》さんの……」

「わかった」

「取ってこよう」

最後まで聞かないうちに、狛犬《こまいぬ》たちが駆《か》け出《だ》した。

「では、矢と弓がそろうまで、ふしぎっとたちでアガメを海の上に追いこもう。ほかの地蔵たちには町の人たちの気を鎮《しず》めるようにさせる」

田中のお地蔵様が空に向かって、砲弾《ほうだん》のように飛び上がった。

キワは顔を歪《ゆが》め、ユイとひよりを見た。

巻きこまないように遠野に置いてきたのに、むしろ、ふたりを頼《たよ》ることになってしまった。

キワの思いに気づいたのか、ユイがやわらかい口調で言った。

「すんぺすんな」

ユイは少し照れくさそうな顔になって、そっぽを向いた。

「みんな、自分にできることをやるしかない。そうでしょ?」

キワは胸がいっぱいになった。

何気なく口にした言葉は、破魔矢《はまや》のようにユイの心に刺《さ》さっていたのだ。それは、そこにユイの幸せを願うキワの心がこめられていたからかもしれない。

ひよりが手を伸《の》ばし、キワの腕《うで》に触《ふ》れる。

「すんぺすんな」

ユイと同じようにひよりが繰《く》り返《かえ》した。

キワも自分にできることをしようと、オシラサマを見た。

木彫《きぼ》りの馬が体格のよい、本物の馬に姿を変えた。体格のよい南部駒《なんぶごま》で、黒みがかった赤褐色《せっかっしょく》の毛色をしている。

キワがオシラサマにまたがると、オシラサマは空《くう》を蹴《け》って、飛ぶように走り出した。

田中のお地蔵様は、ふしぎっとたちを率いて、上空でジリジリとアガメに迫《せま》っていった。アガメは大きな長い首を振《ふ》り回《まわ》し、ふしぎっとたちをはね飛ばそうとしたが、そのたびにみんな身軽によけた。

大きくなりすぎたせいで体が重いのに苛立《いらだ》ったのか、アガメはたびたび吠《ほ》えた。その声は雷《かみなり》のように轟《とどろ》いた。そのたびに邪気《じゃき》でできた雲の間を、白い稲光《いなびかり》が走っていく。

キワはオシラサマとともに町の中を駆《か》け回《まわ》った。アガメの目を見てしまった人がいたら、声をかけ、正気に戻《もど》すつもりだった。

赤い空と、雷のような音に驚《おどろ》いたのか、町に人の姿はなかった。みんな、家の中にいてくれるのなら安心だ。

町役場の前で見覚えのある女の人がうずくまっているのが見えた。避難所《ひなんじょ》にいた、町役場に勤めている棚橋《たなはし》さんだった。

「大丈夫《だいじょうぶ》かい?」

声をかけると、棚橋さんは焦点《しょうてん》のあっていない目で、弱々しく呟《つぶや》き、キワにしがみついてきた。

「みんな、行かないで……。お願い……」

棚橋さんの目には自分が働く部署のガランとした風景と、かつてそこで働いていた同僚《どうりょう》の幻《まぼろし》が見えているのだろうか。

「すんぺすんな」

キワは棚橋さんの肩《かた》を抱《だ》いた。思ったよりも薄《うす》く細い肩。彼女《かのじょ》にもまた、叫《さけ》びだしたい思いがあったのだ。

肩に置かれた手に気づいて、棚橋さんは我に返った。

「わたし……」

「しばらく役場の中にいたほうがいい」

「何が……」

「……嵐《あらし》が来てる。さ、早く中へ」

キワは役場の中へと棚橋さんを誘導《ゆうどう》すると、またオシラサマに乗り、走り出した。

「そうだね……ここを出ていかないと……」

そう言いながら、虚空《こくう》を見ていた吉井《よしい》さん。

「おやじ……おれもここを離《はな》れるよ……」

蕎麦屋《そばや》の前でたたずんでいた青年。

アガメの目を見たせいで幻の中にいた人たちを、キワは正気に戻《もど》し、家の中に入るよう促《うなが》した。

　上空を見ると、アガメは田中のお地蔵様たちやふしぎっとたちに囲まれ、海上で頭を振《ふ》り回《まわ》していた。そのたびにお地蔵様やふしぎっとたちはアガメをかわしている。

「ユイ……ひより……頼《たの》んだよ……」

　笛でアガメを弱らせ、破魔矢《はまや》で魔《ま》が祓《はら》えることを、キワは祈《いの》るしかなかった。

7

海の上に浮《う》かんでいるアガメが動くたびに、黒いウロコがぎらぎらと光る。

ユイはアガメの目から発せられる赤い光を手のひらでさえぎりながら、浜辺《はまべ》に立っていた。

恐《おそ》ろしいけれど、目が離《はな》せない。

あれを今から自分が射るのだ。

ユイは、スニーカーの中に砂が入りこんでいるのに気づいた。ざらざらと不快な感じがする。

でもそのかすかな感触《かんしょく》は、ユイの気をたしかにもさせた。

これは幻《まぼろし》じゃない。現実に起こっている出来事なのだ。

少し後ろで、ひよりはうつむいたまま、リュックから出した笛を両手でぐっと握《にぎ》っている。怯《おび》えてはいなかった。自分の中に力をたくわえているようにユイには見えた。

牛のように大きくなった阿吽《あうん》の狛犬《こまいぬ》が戻《もど》ってきた。それぞれ、破魔矢《はまや》と破魔弓《はまゆみ》をくわえている。大きな体を揺《ゆ》らしながら狛犬たちは頭《こうべ》を垂れ、砂浜《すなはま》に矢と弓をぽとりと落とした。

ユイは右手で矢を、左手で弓を拾った。

「乗れ」

「急げ」

阿《あ》と吽《うん》がユイとひよりに凛《りん》として言った。自分よりも小さな猫《ねこ》に威嚇《いかく》されていた狛犬《こまいぬ》たちは、今は獅子《しし》のようだった。

「乗ってどうするの」

「子狐岬《こぎつねみさき》へ」

「行く」

狛犬たちはそろってアガメがいる空を見た。

マヨイガの裏庭から矢を射るということか。たしかにここからでは届きそうにない。

ひよりが黙《だま》ったまま、阿にまたがった。

ユイは吽の背に乗る。ごつごつしているのかと思ったが、張りのある体は案外と乗りやすかった。

阿吽が同時に駆《か》け出《だ》した。

堤防《ていぼう》に上がり、マヨイガに向かって、狛犬たちは走った。

ユイは振《ふ》り落《お》とされないよう、吽のツノをしっかり握《にぎ》った。ひよりは笛を持ったまま、両手を阿の首に回している。

子狐岬のマヨイガに着くと、ブォオオオオ……という音が聞こえた。

帰ってきた、とユイは思った。最初は驚《おどろ》いたこの声も、今は聞くと安心する。

土間を抜《ぬ》け、マヨイガの裏庭に着くと阿《あ》が止まった。

しかし吽《うん》の狛犬《こまいぬ》はさらにスピードを上げ、岬《みさき》の端《はし》へ行くと、大きくジャンプした。

「えええええっ！」

ユイの体は宙を駆《か》けている。

「アガメの目に近づく。準備しろ」

空中に浮《う》いたまま、矢を射る。あのアガメの目に近づく。

ゴクリとのどが大きく鳴った。弓を持つユイの手が震《ふる》えている。

「みんなが守ってくれる」

吽は頭を下げ、さらに上空へと昇《のぼ》った。

袖《そで》ヶ浦《がうら》には馬に乗ったキワさんの姿があった。壊《こわ》れたお社のそばで心配そうにユイを見守っている。

笛の音《ね》が聞こえてきた。狐舞《きつねま》いのお囃子《はやし》の笛だ。

半身をよじると、マヨイガの裏庭でひよりが笛を吹《ふ》いているのが見えた。

ゴオオオオオ……と風の音もする。

笛はあたりの空気を揺《ゆ》るがし、音を響《ひび》かせている。マヨイガが風を送り、笛の音《ね》を天に届けているかのようだった。

アガメが苦悶《くもん》の表情を浮《う》かべ、身をよじった。息が荒《あら》くなっている。赤い目の光も弱くなった。

ひよりの笛の音は止まらず、続いている。

吽《うん》の狛犬《こまいぬ》は、お地蔵様やふしぎっとたちがいるところまでたどり着いた。

田中《たなか》のお地蔵様は矢と弓を確認《かくにん》すると、ユイに言った。

「おれたちがアガメの気を引く。その間にアガメの頭に近づき、目を射るんだよ。できるかな？」

できるかどうかはわからなかった。でも、やるしかない。ユイは唇《くちびる》を真一文字に結んだ。

お地蔵様の目が細くなった。

「頼《たの》むよ」

言うなり、お地蔵様たちはさらにアガメに近づいていった。

吽の狛犬はアガメの背後に回った。

「アガメの目を見ないようここで待つ。タイミングは任せろ。合図をしたら迷わず射るんだぞ」

お地蔵様とふしぎっとたちは口を大きく開け、舌を出したりひっこめたりしているアガメの前を飛び回っている。

大きなヘビの化け物は苛立《いらだ》っていた。前に頭を突《つ》き出《だ》すと、何体かのお地蔵様の体に当たった。灰色に黒点の混じった像が叩《たた》き落《お》とされ、海に落ちていく。

ユイは思わず息を呑《の》んだ。

「お地蔵様が」

「心配ない」

吽《うん》の狛犬《こまいぬ》は鋭《するど》くアガメの動きを見つめている。

「準備しろ」

言われてユイは矢をつがえた。

「目を閉じて」

「え、それで矢を?」

「アガメの目を見るわけにはいかん。まっすぐに射れば当たる位置につける」

ユイは目を閉じた。

次の瞬間《しゅんかん》、吽の狛犬がアガメの目の真横についた。

「射ろ」

ぐっと弦《つる》を引っ張り、手を離《はな》す。矢が飛び出していったのがわかった。

しかし、引きが弱かったようで、矢に勢いがない。

「届かない」

吽《うん》がさっと体を引いて、またアガメの後ろに回った。

「ごめん……」

ユイがうなだれると、吽は励《はげ》ますように言う。

「もう一度だ」

「でも、矢が」

「あるぞ」

天狗《てんぐ》が破魔矢《はまや》を手にユイに近づいてきた。弧《こ》を描《えが》いて落ちたであろう矢を、しっかりと摑《つか》んでくれたのだ。

「大丈夫《だいじょうぶ》だ、当たるまでやろう。はずれても、何度でもみなで拾う」

ひよりの笛の音《ね》はまだ響《ひび》いている。

アガメは力を失いつつあるのか、大きく頭《こうべ》を垂れた。

「行くぞ」

ユイは受け取った矢をぐっと握《にぎ》り締《し》めた。

次はもっとしっかり弓を引く。迷わずに、迷わずに、迷わずに射る。

吽《うん》は素早《すばや》く下降し、ぴたりと止まった。

目を閉じていても、アガメの目の赤い光を感じる。

ユイは一気に弦《つる》を引き、思いきりよく手を離《はな》した。

ギャアアアアア……。かん高い悲鳴が空気を揺《ゆ》るがした。

「今だ」

——命中した？

下で大きな水音がした。水しぶきがユイの顔や腕《うで》にもかかった。

赤い光を感じなくなったので、おそるおそる目を開けてみると、飛んでいたアガメが海に落ちている。

アガメは目を閉じ、大きな体をくねらせた。巨体《きょたい》を形成していた小さなヘビが胴体《どうたい》からぼろぼろとはがれ、消えていく。

あたりの空気がすがすがしい清浄感《せいじょうかん》に満ちた。早朝の神社に足を踏《ふ》み入《い》れたときのような。

空に広がっていた灰色の邪気《じゃき》も霧散《むさん》し、青い色が広がった。

新しいお社が建てられていた。

その中には瓶《びん》に入れられた小さなアガメが封印《ふういん》されている。

「こんなとこに建てなくても」

ユイが不気味そうに言うと、キワさんはおだやかな顔で真新しいお社を見た。

「目の届くところにあれば安心だろ」

お社が建っているのは、マヨイガの裏庭だった。

ひよりが庭に咲《さ》いていたヤマユリを持ってきて、供えた。

「お供えなんかしなくていいのに」

「アガメにも叫《さけ》びたい何かがあるんだと思って」

頭を垂れ、ひよりは静かに両手を合わせた。

——ひよりの言うとおりかもしれない。

アガメもどこか苦しそうに見えた。自分で自分の力をどうにもできず、ただ暴れ回るしかないようにも感じられた。

狐崎《きつねざき》の浜《はま》に流れ着いたアガメは家がほしかったのかもしれない。安心できる住みかが。

あいつも……父もそうだったのだろうか。怖《こわ》かった父親が少し哀《あわ》れに思えた。

もし、いつか、自分がもっと大人になったとき、今の自分の気持ちを伝えることができるのだろうか。

ユイはヤマユリに目をやった。白い花弁には黄色の筋と赤褐色《せっかっしょく》の斑点《はんてん》が入っている。おしべの先は朱色《しゅいろ》。どこかアガメを思い起こさせる。

キワさんが教えてくれた。

「ヤマユリはね、芽が出るまで二年、花を咲《さ》かせるまでさらに二年以上かかるそうだよ」

でも、今は大きな花びらをそり返らせ、強い香りを放っている。

——そういえば。

ユイはぽつりと言った。

「わたし、ほんとの名前は、ゆりえっていうの」

「ああ、知ってるよ。初めて会ったとき、言ってたじゃないか」

キワさんが言うと、ひよりも頷《うなず》いた。

「え、聞こえてたの」

「ああ」

キワさんがいたずらっぽく片目をつむったので、ユイは思いきって聞いてみた。

「わたし、ここにいていいんだよね？」

「ああ、もちろん。前にも言ったけど、そのへんはお地蔵様がちゃんとね」

「……わたしは」

ひよりがおずおずと口を開いた。

「おばあちゃんみたいになりたい。お地蔵様やふしぎっとたちとずっと仲良くしたい」

「そうかい」

「また遠野《とおの》へも行きたいし、河童《かっぱ》さんや狛犬《こまいぬ》さん、お地蔵様にもお礼を言いたい」

「ああ、いいね」

だが、ひよりは心配そうにキワさんを窺《うかが》った。

「おばあちゃんは、これからどうするの？　どこかへ行っちゃうの？」

「どうしてだい？」

「だって、もう」

ひよりはまたお社を見た。

「おばあちゃんはこのために、ここへ来たんでしょ？」

「そうだよ。でも、ひよりとユイと出会って、わたしもたどり着いたのさ、この家に」

キワさんはマヨイガを振《ふ》り仰《あお》いだ。

「わたしもここにいるよ。ユイとひよりが大きくなるところを見ていたいからね」

もしかするとキワさんにも、寂《さび》しさや苦しみがあったのかもしれない。そう思うとユイの胸はいっぱいになった。いつか、キワさんの、おばあちゃんの生きてきた軌跡《きせき》を聞いてみたい。

問いかけられてからずっと考えていたことを、ユイは今、言おうと思った。

「わたしね、バイトしてお金をためて専門学校に行きたい。それで、料理の勉強をしたい」

「いいじゃないか。ユイにはぴったりだよ。自分の将来とちゃんと向きあったんだね」

賛成してもらえて、ユイはうれしくなった。

この先も壁《かべ》は立ちはだかるだろう。でも、自分の歩く先が少しひらけたような気がユイはしていた。

「そうだ、ふたりに見せたいものがあるんだよ」

三《み》つ窯《がま》が並ぶ袖ヶ浦の崖下《がけした》に、キワさんはサッパ舟《ぶね》をつけた。

「見てごらん」

まだ、何か怖《こわ》いものがいるのかとユイは不安になった。

だが、キワさんが指差したのは、ひよりよりも小さな、まだ細い木だった。

「桜の木さ」

「桜?」

「大きくなるかどうかはわからない。でも、この木は流れてきて、根付いたのさ」

木の枝にはわずかに葉がついているだけだった。

「咲《さ》くといいな」

ユイは岩壁《がんぺき》でわずかに花をつけた桜の木を思《おも》い浮《う》かべた。

「さぁ、帰ろうか」

三人が帰る家は同じだった。帰りたい場所は一緒《いっしょ》だった。

ユイは岬《みさき》の上に建つ茅葺《かやぶ》きの屋根を思い浮かべた。

おわり

吉田玲子　（よしだ　れいこ）
脚本家。広島県出身。主な作品に『猫の恩返し』『けいおん！』『ガールズ&パンツァー』『ヴァイオレット・エヴァーガーデン』など。東京アニメアワードフェスティバル アニメ オブ ザ イヤー部門　脚本・オリジナル原作賞を2014年、2017年、2021年に受賞。

柏葉幸子　（かしわば　さちこ）
1953年、岩手県生まれ。東北薬科大学卒業。『霧のむこうのふしぎな町』（講談社）で第15回講談社児童文学新人賞、第9回日本児童文学者協会新人賞を受賞。『ミラクル・ファミリー』（講談社）で第45回産経児童出版文化賞フジテレビ賞を受賞。『牡丹さんの不思議な毎日』（あかね書房）で第54回産経児童出版文化賞大賞を受賞。『つづきの図書館』（講談社）で第59回小学館児童出版文化賞を受賞。『岬のマヨイガ』（講談社）で第54回野間児童文芸賞受賞。ほかの著書に、『ぼくと母さんのキャラバン』（講談社）、「竜が呼んだ娘」シリーズ（朝日学生新聞社）など。

装幀　大岡喜直（next door design）

この本は、映画『岬のマヨイガ』をもとにノベライズしたものです。

小説《しょうせつ》 劇場版《げきじょうばん》アニメ 岬《みさき》のマヨイガ

二〇二一年八月二日 第一刷発行

著　者　吉田《よしだ》玲子《れいこ》

原　作　柏葉《かしわば》幸子《さちこ》

監　修　「岬のマヨイガ」製作委員会

発行者　鈴木章一

発行所　株式会社講談社
東京都文京区音羽二―一二―二一　〒一一二―八〇〇一
電話　編集　〇三（五三九五）三五三五
　　　販売　〇三（五三九五）三六二五
　　　業務　〇三（五三九五）三六一五

KODANSHA

印刷所　豊国印刷株式会社

製本所　大口製本印刷株式会社

本文データ制作　講談社デジタル製作

N.D.C.913　190p　20cm　ISBN978-4-06-523703-8

劇場版アニメの原作はこちら――

岬のマヨイガ

柏葉幸子

絵 さいとうゆきこ

講談社

第54回
野間児童文芸賞
受賞作品

あの日、萌花《もえか》ちゃんは、会ったこともない親戚《しんせき》にひきとられるために狐《きつね》崎《ざき》の駅を降りました。そして、同じ電車に乗ったゆりえさんは、暴力をふるう夫から逃《のが》れるため、見ず知らずの北の地へと向かっていました。

そんなふたりの運命を変えたのは、まちを呑《の》み込《こ》んだ巨大な津波でした。中学校の体育館に避難《ひなん》したふたりは、身元を問われて困惑《こんわく》します。帰れる家、帰りたい家はないのです。そんなふたりに救いの手をさしのべたのは、山名《やまな》キワさんという、小さなおばあさんでした。

その日から、ゆりえさんは結《ゆい》さんとして、萌花ちゃんはひよりちゃんとして、キワさんと三人、かわいい岬にぽつんと建つ古民家で、何とも不思議な共同生活が始まったのです――。